徐志摩纪念馆 Xu Zhimo's Memorial Hall

回望徐志摩

罗烈弘 陈武 主编

轮盘

徐志摩 著

中国文史出版社

图书在版编目（CIP）数据

轮盘 / 徐志摩著 . -- 北京 : 中国文史出版社 , 2022.1

（回望徐志摩）

ISBN 978-7-5205-3473-4

Ⅰ . ①轮… Ⅱ . ①徐… Ⅲ . ①短篇小说—小说集—中国—现代 Ⅳ . ① I246.7

中国版本图书馆 CIP 数据核字 (2022) 第 023945 号

责任编辑：金　硕　刘华夏

出版发行	中国文史出版社
社　　址	北京市海淀区西八里庄路 69 号院　邮编 :100142
电　　话	010-81136606 81136602　81136603 81136605（发行部）
传　　真	010-81136655
印　　装	阳谷毕升印务有限公司
经　　销	全国新华书店
开　　本	880 × 1230　1/32
印　　张	5.5
字　　数	146 千字
版　　次	2022 年 3 月北京第 1 版
印　　次	2022 年 3 月第 1 次印刷
定　　价	48.00 元

目　录

CONTENTS

春　痕

一　瑞香花——春

逸清早起来，已经洗过澡，站在白漆的镜台前，整理他的领结。窗纱里漏进来的晨曦，正落在他梳栉齐整漆黑的发上，像一流灵活的乌金。他清癯的颊上，轻沾着春晓初起的嫩红，他一双睫绒密绣的细长妙目，依然含漾着朝来梦里的无限春意，益发激动了他 Narcissus[①] 自怜的惯习，痴痴地尽向着镜里端详。他圆小锐敏的睛珠，也同他头发一般的漆黑光芒，在一泻清利之中，泄漏着几分忧郁凝滞，泄漏着精神的饥渴，像青翠的秋山轻罩着几痕雾紫。

---

① Narcissus，那喀索斯，神话中的美少年，因迷恋自己的泉中倒影，抑郁而死，化作水仙花。

他今年二十三岁，他来日本方满三月，他迁入这省花家，方只三日。

他凭着他天赋的才调生活风姿，从幼年便想肩上长出一对洁白娇嫩的羽翮，望着精焰斑斓的晚霞里，望着出岫倦展的春云里，望着层晶叠翠的秋天里，插翅飞去，飞上云端，飞出天外去听云雀的欢歌，听天河的水乐，看群星的联舞，看宇宙的奇光，从此加入神仙班籍，凭着九天的白玉阑干，于天朗气清的晨夕，俯瞰下界的烦恼尘俗，微笑地生怜，怜悯地微笑。那是他的幻想，也是多数未经生命严酷教训的少年们的幻想。但现实粗狠的大槌，早已把他理想的晶球击破，现实卑琐的尘埃，早已将他洁白的希望掩染。他的头还不曾从云外收回，他的脚早已在污泥里泞住。

他走到窗前，把窗子打开，只觉得一层浓而且劲的香气，直刺及灵府深处，原来楼下院子里满地都是盛开的瑞香花，那些紫衣白发的小姑子们，受了清露的涵濡，春阳的温慰，便不能放声曼歌，也把她们襟底怀中脑边蕴积着的清香，迎着缓拂的和风，欣欣摇舞，深深吐泄，只是满院的芬芳，只勾引无数的小蜂，迷醉地环舞。

三里外的桑抱群峰也只在和暖的朝阳里欣然沉浸。

逸独立在窗前，估量这些春情春意，双手插在裤袋里，微屈着左膝，紧啮住浅绛的下唇呼出一声幽喟，旋转身掩面低吟道：可怜这万种风情无地着！

紧跟着他的吟声，只听得竹篱上的门铃，喧然大震，接着邮差迟重的嗓音唤道：“邮便！”

一时篱上各色的藤花藤叶轻波似颤动，白果树上的新燕呢喃也被这铃声喝住。

省花夫人手拿着一张美丽的邮片笑吟吟走上楼来对逸说道：“好福气的先生，你天天有这样美丽的礼物到手。”说着把信递入他手。

果然是件美丽的礼物，这张比昨天的更觉精雅，上面写的字句也更妩媚，逸看到她别致的签名，像燕尾的瘦，梅花的疏，立刻想起她亭亭的影像，悦耳的清音接着一阵复凑的感想，不禁四肢的神经里，迸出一味酸情，迸出一些凉意。他想出了神，无意地把手里的香迹，送向唇边，只觉得兰馨满口，也不知香在片上，也不知香在字里——他神魂迷荡了。

一条不甚宽广但很整洁的乡村道上，两旁种着各式的树木，地上青草里，夹缀着点点金色银色的钱花。这道上在这初夏的清晨除了牛奶车菜担以外，行人极少。但此时铃声响处，从桑抱山那方向转出一辆新式的自行车，上面坐着一个西装的少女，二十岁光景。她黯黄的发，临风蓬松着，用一条浅蓝色丝带络住，她穿着一身白纱花边的夏服，鞋袜也一体白色，她丰满的肌肉，健康的颜色，捷灵的肢体，愉快的表情，恰好与初夏自然的蓬勃气象和合一致。

她在这清静平坦的道上，在榆柳浓馥的荫下，像飞燕穿帘似的，疾扫而过。有时俯偻在前枢上，有时撤开手试她新发明的姿态，恰不时用手去理整她的外裳，因为孟浪的风尖常常挑翻她的裙序，像荷叶反卷似的，泄露内衬的秘密。一路的草香花味，树色水声，云光鸟语，都在她原来欣快的心境里，更增加了不少欢畅的景色——她同山中的梅花小鹿，一般的美，一般的活泼。

自行车到藤花杂生的篱门前停了，她把车倚在篱旁，扑去了身上的尘埃，掠齐了鬓发，将门铃轻轻一按，把门推开，站在门口低声唤道："省花夫人，逸先生在家吗？"

说着心头跳个不住，颊上也是点点桃花，染入冰肌深浅。

那时房东太太不在家，但逸在楼上闲着临帖，早听见了，就探首窗外，一见是她，也似感了电流一般，立刻想飞奔下去。但她也看见了，她接着喊道："逸先生，早安，请恕我打扰，你不必下楼，我也不打算进来，今天因为天时好，我一早就出来骑车，便到了你们这里，你不是看我说话还喘不过气来，你今天好吗？啊，乘便，今天可以提早一些，你饭后就能来吗？"

她话不曾说完，忽然觉得她鞋带散了，就俯身下去收拾，阳光正从她背后照过来，将她描成一个长圆的黑影，两支腰带，被风动着，也只在影里摇颤，恰像一个大蜗牛，放出他的触须侦探意外的消息。

“好极了，春痕姑娘！……我一定早来……但你何不进来坐一歇呢？……你不是骑车很累了吗？……”

春痕已经缚紧了鞋带，倚着竹篱，仰着头，笑答道：“很多谢你，逸先生，我就回去了，你温你的书吧，小心答不出书，先生打你的手心。”咯吱地一阵憨笑，她的眼本来秀小，此时连缝儿都莫有了。

她一欠身，把篱门带上，重复推开，将头探入，一枝高出的藤花，正贴住她白净的腮边，将眼瞟着窗口看呆了的逸笑道：“再会吧，逸！”

车铃一响，她果然去了。

逸飞也似驰下楼去出门望时，只见榆荫错落的黄土道上，明明缕着她香轮的踪迹，远远一簇白衫，断片铃声，她，她去了。

逸在门外留恋了一会，转身进屋，顺手把方才在她腮边撩拂那枝乔出的藤花，折了下来恭敬地吻上几吻，他耳边还只荡漾着她那“再会吧，逸！”的那个单独“逸”字的蜜甜音调：他又神魂迷荡了。

二　红玫瑰——夏

“是逸先生吗？”春痕在楼上喊道，“这里没有旁人，请上楼来。”

春痕的母亲是旧金山人，所以她家的布置，也参酌西式。楼上正中一间就是春痕的书室，地板上铺着匀净的台湾细席，疏疏地摆着些几案榻椅，窗口一大盆的南洋大榈，正对着她凹字式的书案。

逸以前上课，只在楼下的客堂里，此时进了她素雅的书屋，说不出有一种甜美愉快的感觉。春痕穿一件浅蓝色纱衫，发上的缎带也换了亮蓝色，更显得妩媚绝俗。她拿着一管斑竹毛笔正在绘画，案上放着各品的色碟和水盂。逸进了房门，她才缓缓地起身，笑道：“你果然能早来，我很欢喜。”

逸一面打量屋内的设备，一面打量他青年美丽的教师连着午后步行二里许的微喘，颇露出些局踏的神情，一时连话也说不连贯。春痕让他在一张椅上坐了，替他倒了一杯茶，口里还不住地说她精巧的寒暄。逸喝了口茶，心头的跳动才缓缓地平了下来，他瞥眼见了春痕桌上那张鲜艳的画，就站起来笑道："原来你又是美术家，真失敬，春痕姑娘，可以准我赏鉴吗？"

她画的是一大朵红的玫瑰，真是一枝浓艳露凝香，一瓣有一瓣的精神，充满了画者的情感，仿佛是多情的杜鹃，在月下将心窝抵入荆刺沥出的鲜红心血，点染而成，几百阕的情词哀曲凝化此中。

"那是我的鸦涂，哪里配称美术"，说着她脸上也泛起几丝红晕，把那张水彩趑趄地递入逸手。

逸又称赞了几句，忽然想起西方人用花来作恋爱情感的象征，记得红玫瑰是"我爱你"的符记，不禁脱口问道："但不知哪一位有福的，能够享受这幅精品，你不是预备送人的吗？"

春痕不答，逸举头看时只见她倚在凹字案左角，双手支着案，眼望着手，满面绯红，肩胸微微有些震动。

逸呆望着这幅活现的忸怩妙画，一时也分不清心里的反应，只觉得自己的颧骨耳根，也平增了不少的温度，此时春痕若然回头，定疑心是红玫瑰的朱颜，移上了少年的肤色。

临了这一阵缄默，这一阵色彩鲜明的缄默，这一阵意义深长的缄默，让窗外桂树上的小雀，吱的一声啄破。春痕转身说道："我们上课吧。"她就坐下，打开一本英文选，替他讲解。

功课完毕，逸起身告辞，春痕送他下楼，同出大门，此时斜照的阳光正落在桑抱的峰巅岩石上，像一片斑驳的琥珀，他们看着称美一番，逸正要上路。春痕忽然说：

"你候一候，你有件东西忘了带走。"她就转身进屋去，过了一分钟，只见她红涨着脸，拿着一纸卷递给逸说："这是你的，但不许此刻打开看！"接着匆匆说了声再会，就进门去了。逸左臂挟着书包，右手握着春痕给他的纸卷，想不清她为何如此慌促，禁不住把纸卷展开，这一展开，但觉遍体的纤微，顿时为感激欣喜悲切情绪的弹力撼动，原来纸卷的内容，就是方才那张水彩，春痕亲笔的画，她亲笔画的红玫瑰——他神魂又迷荡了。

三　茉莉花——秋

逸独坐在他房内，双手展着春痕从医院里来的信，两眼平望，面容澹白，眉峰间紧锁住三四缕愁纹，她病了。窗外的秋雨，不住地沥淅，他怜爱的思潮，也不住地起落。逸的联想力甚大，譬如他看花开花放就想起残红满地；身历繁华声色，便想起骷髅灰烬；临到欢会便想惋别；听人病苦，便想暮祭。如今春痕病了，在院中割肠膜，她写的字也失了寻常的劲致，她明天得医生特许可以准客入见，要他一早就去。逸为了她病，已经几晚不安眠，但远近的思想不时涌入他的脑府。他此时所想的是人生老病死的苦痛，青年之短促。他悬想着春痕那样可爱的心影，疑问像这样一朵艳丽的鲜花，是否只要有恋爱的温润便可常葆美质，还是也同山谷里的茶花，篱上的藤花，也免不了受风摧雨虐，等到活力一衰，也免不了落地成泥。但他无论如何拉长缩短他的想象，总不能想出一个老而且丑的春痕来！他想圣母玛丽不会老，观世音大士不会老，理想的林黛玉不会老，青年理想中的爱人又如何会老呢？他不觉微笑了。转想他又沉入了他整天整晚迷恋的梦境。他最恨想过去，最爱想将来。最恨回想，最爱前想。过去是死的丑的痛苦的枉费的，将来是活的美的幸福的创造的。过去像块不成形的顽石，满长着可厌的猬草和刺物；将来像初出山的小涧，只是在青林间舞蹈，只是在星光下歌唱，只是在精美的石梁上进行。他廿余年麻木的生活，只是个不可信、可厌的梦。他只求抛弃这个记忆；但记忆是富有黏性的，你愈想和它脱离，结果胶附得愈紧愈密切。他此时觉得记忆的压制愈重，理想的将来不过只是烟淡云稀，渺茫明灭，他就狠劲把头摇了几下，把春痕的信折了起来，披了雨衣，换上雨靴，挟了一把伞独自下楼出门。

他在雨中信步前行，心中杂念起灭，竟走了三里多路，到了一条河边。沿河有一列柳树，已感受秋运，枝条的翠色，渐转苍黄，此时仿佛不胜秋雨的重量，凝定地俯瞰流水，粒粒的泪珠，连着先凋的叶片，不时掉入波心，悠然浮去。时已薄暮，河畔的颜色声音，只是凄凉的秋意，只是增添惆怅的惆怅。天上绵般的云似乎提议来裹埋他心底的愁思，草里断续的虫吟，也似轻嘲他无聊的意绪。

逸踯躅了半晌，不觉秋雨满襟，但他的思想依旧缠绵在恋爱老死的意义，他忽然自言道："人是会变老，会变丑，会死会腐朽，但恋爱是长生的，因为精神的现象绝不受物质法律的支配，是的，精神的事实，是永久不可毁灭的。"

他好像得了难题的答案，胸中解释了不少的积重，抖下了雨衣上的雨珠，就转身上归家的路。

他路上无意中走入一家花铺，看看初菊，看看迟桂，最后买了一束茉莉，因为它香幽色澹，春痕一定喜欢。

他那天夜间又不曾安眠，次日一早起来，修饰了一晌，用一张蓝纸把茉莉裹了，出门往医院去。

"你是探望第十七号的春痕姑娘吗？"

"是。"

"请这边走。"

逸跟着白衣灰色裙的下女，沿着明敞的走廊，一号二号，数到了第十七号。浅蓝色的门上，钉着一张长方形的白片，写着很醒目的英字：

“*No.17 Admitting no visitors except the Patient's mother and Mr.Yi*”

“第十七号，

除病人母亲及逸君外，他客不准入内。”

一阵感激的狂潮，将他的心府淹没。逸回复清醒时，只见房门已打开，透出一股酸辛的药味，里面恰丝毫不闻音息。逸脱了便帽，企着足尖，进了房门——依旧不闻音息。他先把房门掩上，回身看时，只见这间长形的室内，一体白色，白墙白床，一张白毛毡盖住的沙发，一张白漆的摇椅，一张小几，一个唾盂。床安在靠窗左侧，一头用矮屏围着。逸走近床前时，只觉灵魂底里发出一股寒流，冷激了四肢全体。春痕卧在白布被中，头戴白色纱巾，垫着两个白枕，眼半阖着，面色惨澹得一点颜色的痕迹都没有，几乎和白枕白被不可辨认，床边站着一位白巾白衣态度严肃的看护妇，见了逸也只微颔示意，逸此时全身的冰流重复回入灵府，凝成一对重热的泪珠，出眶帘。他定了定神俯身下去，小语道："我的春痕，你……吃苦了！……"那两颗热泪早已跟着颤动的音波在他面上筑成了两条泪沟，后起的还频频涌出。

春痕听了他的声音，微微睁开她倦绝的双睫，一对铅似重钝的睛球正对着他热泪溶溶的湿眼，唇腮间的筋肉稍稍缓弛，露出一些勉强的笑意，但一转瞬她的腮边也湿了。

"我正想你来，逸，"她声音虽则细弱，但很清爽，"多谢天父，我的危险已经过了！你手里拿的不是给我的花吗？"说着笑了，她真笑了。

逸忙把纸包打开，将茉莉递入她已从被封里伸出的手，也笑说道："真是，我倒忘了：你爱不爱这茉莉？"

春痕已将花按在口鼻间，阖拢了眼，似乎经不住这强烈香味，点了点头，说："好，正是我心爱的，多谢你。"

逸就在床前摇椅上坐下，问她这几日受苦的经过。

过了半点钟，逸已经出院，上路回家。那时的心影，只是病房的惨白颜，耳畔也只是春痕零落孱弱的音声——但他从进房时起，便引起了一个奇异的幻想。他想见一个奇大的圹窟，沿边齐齐列着黑衣送葬的宾客，这窟内黑沉沉地不知有多少深浅，里面却埋着世上种种的幸福，种种青年的梦境，种种悲哀，种种美丽的希望，种种污染了残缺了的宝物，种种恩爱和怨艾，在这些形形色色的中间，又埋着春痕，和在病房一样的神情，和他自己——春痕和他自己！

逸——他的神魂又是一度迷荡。

四　桃花李花处处开——十年后春

此时正是清明时节，箱根一带满山满谷，尽是桃李花竞艳的盛会。

这边是红锦，那边是白雪，这边是火焰山，那边是银涛海，春阳也大放骄矜艳丽的光辉来笼盖这骄矜艳丽的花园，万象都穿上最精美的袍服，一体的欢欣鼓舞，庆祝春明。整个世界，只是一个妩媚的微笑，无数的生命，只是报告他们的幸福：到处是欢乐，到处是希望，到处是春风，到处是妙乐。

今天各报的正张上，都用大号字登着欢迎那伟人的字样。那伟人在国内立了大功，做了大官，得了大名，如今到日本，他从前的留学国，来游历考察，一时轰动了全国注意，朝野一体欢迎，到处宴会演说，演说宴会，大家争求一睹丰采。尤其因为那伟人是个风流美丈夫。

那伟人就是十年前寄寓在省花字瑞香花院子里的少年。他就是每天上春痕姑娘家习英文的逸。

他那天记起了他学生时代的踪迹，忽发雅兴，坐了汽车，绕着桑抱山一带行驶游览，看了灿烂缤纷的自然，呼着香甜温柔的空气，甚觉舒畅愉快。

车经过一处乡村，前面被一辆载木料的大车拦住了进路，只得暂时停着等候。车中客正瞭望桑抱一带秀特的群峰，忽然春痕的爱影，十年来被事业尘埃所掩翳的爱影，重复历历心中，自从那年匆匆被召回国，便不闻春痕消息，如今春色无恙，却不知春痕何往，一时动了人面桃花之感，连久干的眶睫也重复潮润起来。

但他的注意，却半在观察村街的陋况，不整齐的店铺，这里一块铁匠的招牌，那首一张头痛膏的广告，别饶风趣。

一家杂货铺里，走来一位主客，一个西装的胖妇人，她穿着蓝呢的冬服，肘下肩边都已霉烂，头戴褐色的绒帽，同样的破旧，左手抱着一个将近三岁的小孩，右臂套着一篮的杂物——两棵青菜，几枚蛤蜊，一支蜡，几匣火柴——方才从店里买的，手里还挽着一个四岁模样的女孩，穿得也和她母亲一样不整洁。那妇人蹒跚着从汽车背后的方向走来，见了这样一辆美丽的车和车里坐着的华服客，不觉停步注目。远远地看了一晌，她索性走近了，紧靠着车门，向逸上下打量。看得逸倒烦腻起来，心想世上哪有这样臃肿蜷曲不识趣的妇人……

那妇人突然操英语道："请饶恕我，先生，但你不是中国人逸君吗？"

他想又逢到了一个看了报上照相崇拜英雄的下级妇女，

但他还保留他绅士的态度，微微欠身答道："正是，夫人。"淡淡说着，漫不经意的模样。

但那妇人急接说道："果然是逸君！但是难道你真不认识我了？"

逸免不得眸凝向她辨认：只见丰眉高颧，鼻梁有些陷落，两腮肥突，像一对熟桃，就只那细小的眼眶，和她方才"逸君"那声称呼，给他一些似相识的模糊印象。

"我十分的抱歉，夫人！我近来的记忆力实在太差，但是我现在敢说我们确是曾经会过的。"

"逸君，你的记忆真好！你难道真忘了十年前伴你读英文的人吗？"

逸跳了起来，说道："难道你是春……"但他又顿住了，因为他万不能相信他脑海中一刻前活泼可爱的心影，会得幻术似的变形为眼前粗头乱服左男右女又肥又蠢的中年妇人。

但那妇人却丝毫不顾恋幻象的消散，丝毫不感觉哲理的怜悯。十年来做妻做母负担的专制，已经将她原有的浪漫根性，杀灭尽净。所以她宽弛的喉音替他补道："春……痕，正是春痕，就是我，现在三……夫人。"

逸只觉得眼前一阵昏沉，也不曾听清她是三什么的夫人，只瞪着眼呆顿。

"三井夫人，我们家离此不远，你难得来此，何不乘便过去一坐呢？"

逸只微微地颔首，她已经将地址吩咐车夫，拉开车门，把那小女孩先送了上去，然后自己抱着孩子挽着筐子也挤了进来。那时拦路的大车也已经过去，他们的车，不上三分钟就到了三井夫人家。

一路逸神意迷惘之中，听她诉说当年如何嫁人，何时结婚，丈夫是何职业，今日如何凑巧相逢，请他不要介意她寒素嘈杂的家庭，以及种种等等，等等种种。

她家果然并不轩敞，并不恬静。车止门前时，便有一个七八岁赤脚乱发的小孩，高喊着"娘坐了汽车来了……"跳了出来。

那漆髹剥落的门前，站着一位满面皱纹、弯背驮腰的老妇人，她介绍给逸，说是她的姑，老太太只咳嗽了一声，向来客和她媳妇，似乎很好奇似的溜了一眼。

逸一进门，便听得后房哇的一声婴儿哭：三井夫人报怨她的大儿，说定是他顽皮又把小妹惊醒了。

逸随口酬答了几句话，也没有喝她紫色壶倒出来的茶，就伸出手来向三井夫人道别，勉强笑着说道："三井夫人，我很羡慕你丰满的家庭生活，再见吧！"

等到汽轮已经转动，三井夫人还手抱着襁褓的儿，身旁立着三个孩子，一齐殷勤地招手，送他的行。

那时桑抱山峰，依旧沉浸在艳日的光流中，满谷的樱花桃李，依旧竞赛妖艳的颜色，逸的心中，依旧涵葆着春痕当年可爱的影像。但这心影，只似梦里的紫丝灰线所织成，只似远山的轻霭薄雾所形成，澹极了，微妙极了，只要蝇蚊的微嗡，便能刺碎，只要春风的指尖，便能挑破……

吹胰子泡

小粲粉嫩的脸上，流着两道泪沟，走来对他娘说：“所有的好东西全没有了，全破了。我方才同大哥一起吹胰子泡，他吹一个小的我也吹一个小的，他吹一个大的，我也吹一个大的，有的飞了上去，有的闪下地去，有的吹得太大了，胀破了。大哥说他们是白天的萤火虫，一会儿见，一会儿不见。我说他们是仙人球，上面有仙女在那里画花，你看，红的，绿的，青的，白的，多么好看，但是仙女的命多是很短，所以一会儿就不见了。后来我们想吹一个顶大的，顶大顶圆顶好看的球，上面要有许多画花的仙女，十个、二十个，还不够，吹成功了，慢慢地放上天去（那时候天上刚有一大块好看的红云，那便是仙女的家），岂不是好？我们，我同大哥，就慢慢地吹，慢慢地换气，手也顶小心的，拿着麦管子，一动也不敢动，我几乎笑了，大哥也快笑了，球也慢慢地大了，像圆的鸽蛋，像圆的鸡蛋，像圆的鸭蛋，像圆的鹅蛋，（妈，鹅蛋不是比鸭蛋大吗？）像妹妹的那个大皮球；球大了，花也慢慢多了，仙女到得也多了，那球老是轻轻地动着，像发抖，我想一定是那些仙女看了我们迸着气，板着脸，鼓着腮帮子，太可笑的样子，在那里笑话我们，像妹妹一样地傻笑，可没有声音。后来奶妈在旁边说：好了，再吹就破了，我们就轻轻地把嘴唇移开了麦管口，手发抖，脚也不敢动，好容易把那麦管口挂着的好宝贝举起来——真是宝贝，我们乐极了，我们就轻轻地把那满是仙女的球往空中一掷，赶快仰起一双嘴，尽吹，可是妈呀，你不能张着口吹，直吹球就破，你得把你那口圆成一个小圆洞儿再吹，那就不破了。大哥吹得比我更好。他吹，我也吹，他又吹，吹得那盏五彩的灯儿摇摇摆摆的，上上下下的，尽在空中飞着，像个大花蝶。我呀，又着迷，又乐，又要笑，又不敢笑开口，开口一吹，球儿就破。奶妈看得也乐了，妹子奶妈抱着，也乐疯了，尽伸着一双小手想去抓那球——她老爱抓花蝶儿——可没有抓到。竹子也笑了，笑得摇头弯腰的。

“球飞到了竹子旁边险得很，差一点让扎破了。那球在太阳光里溜着，真美，真好看。那些仙女画好了，都在那里拉着手儿跳舞，跳的是仙女舞，真好看。我们正吹得浑身都痛，想把他吹上天去，哪儿知道出乱子了，我们的花厅前面不是有个燕子窝，他们不是早晚尽闹，那只尾巴又细又白的，真不知趣，早不飞，晚不飞，谁都不愿意他飞，他倒飞了出来，一飞呀就捣乱，他开着口，一面叫，一面飞，他那张贫嘴，刚巧撞着快飞上天的球儿，一撞呀，什么球呀，蛋呀，蝴蝶呀，画呀，仙女呀，笑呀，全没有了，全不见了，全让那白燕的贫嘴吞了下去，连仙女都吞了！妈呀，你看可气不可气，我就哭了。”

（原载：民国十二年四月十五日《努力周报》第四十八期）

童话一则

四爷刚吃完了饭，擦擦嘴，自个儿站在阶沿边儿看花，让风沙乱得怪寒碜的玫瑰花，啪、啪、啪的一阵脚步声，背后来了宝宝，喘着气嚷道：

“四爷，来来，我有好东西让你瞧，真好东西！”

四爷侧着一双小眼，望着他满面通红的姊姊呆呆的不说话。

“来呀，四爷，我不冤你，在前厅哪，快来吧！”四爷还是不动。宝宝急了：

“好，你不来就不来，四爷不来，我就不会找三爷？”说着转身就想跑。

四爷把脸放一放宽，小眼睛亮一亮，脸上转起一对小圆涡儿——他笑了——就跟着他姊姊走，宝宝看了他那样儿，也忍不住笑了，说，“来吧，真讨气！”

宝宝轻轻地把前厅的玻璃门拉开一道缝儿，做个手势，让四爷先扁着身子挨了进去，自己也偷偷地进来了，顺手又把门带上。

四爷有些儿不耐烦，开口了：

“叫我来看什么呀，一间空屋子，几张空桌子，几张空椅子，你老冤我！”宝宝也不理会他，只是仰着头东张西望的，口里说，“哪儿去了呢，怕是跑了不成？”

四爷心里想没出息的宝宝，准是在找耗子洞哩！

忽然吱的一声叫，东屋角子里插豁的一响，一头小雀儿冲了出来，直当着宝宝四爷的头上斜掠过去……四爷的右腿一阵子发硬，他让吓了一跳。宝宝可乐了。她就讲她的故事。

“我呀吃了饭没有事做，想一个人到前厅来玩玩，我刚一开门儿，他（手点雀儿）像是在外面候久了似的，比我还着急，砰的一声就穿进了门儿。我倒不信，也进来试试，门儿自己关上了。”

他呀，不进门儿着急，一进门儿更着急；只听得他豁拉豁拉地飞个不停，一会儿往东，一会儿往西，一会儿往南，一会儿往北，我忙得尽转着身，瞧着他飞，转得我头都晕了，他可不怕头晕，飞，飞，飞，飞个不停。口里还呦的呦的唱着，真是怪，让人家关在屋子里，他还乐哪——不乐怎么会唱，对不对四爷？回头他真急了：原先他是平飞的像穿梭似的——织布的梭子，我们教科书上有的不是？他爱贴着天花板飞，直飞，斜飞，画圆圈儿飞，挨着边儿一顿一顿地飞。回头飞累了，翅膀也没有劲儿了，他就不一定搭架子高飞了，低飞他也干，窗沿上爬爬，桌子上也爬爬；他还跳哪，像草虫子；有时他拐着头不动，像想什么心事似的，对了，他准是听了窗外树上他的也不知是表姊妹，也不知是好朋友，在那儿"奇怪——奇怪"地找他，可怜他也说不出话，要是我，我就大声地哭叫，说，"快来救我呀，我让人家关在屋子里出不来哩！快来救我呀！"

他还是着急，想飞出去——我说他既然要出去，当初又何必进来，他自个儿进来，才让人关住，他又不愿意，可不是活该；可又是，他哪儿拿得了主意，人都拿不了主意——可怜哪，他见光亮就想盲冲。暴蓬暴蓬的，只听得他在玻璃窗上碰头，准碰得脑袋疼，有几次他险点儿碰昏了，差一点闪了下来。我看得可怜，想开了门儿放他走，可是我又觉得好玩，他一飞出门儿就不理我，他也不会道谢。他倦了，蹲在梁上发呆，像你那样发呆，四爷，我心又软了，我随口编了一个歌儿，对他唱了好几遍，他像懂得，又像不懂得，真怄气，那歌儿我唱你听听，四爷，好不好？

四爷听了她一长篇演说，瞪着眼老不开口，他可爱宝宝唱歌儿，宝宝唱的比谁的都好听，四爷顶爱，所以他把头点了两下。宝宝就唱：

雀儿，雀儿，

你进我的门儿，

你又想出我的门儿，

砰呀，砰呀，

玻璃老碰你的头儿；

四爷笑了，宝宝接着唱：

屋子里阴凉，
院子里有太阳。
屋子里就有我——你不爱；
院子里有的是
你的姊姊妹妹好朋友；
我张开一双手儿，
叫一声雀儿雀儿：
我愿意做你的妈，
你做我乖乖的儿，
每天吃茶的时候，
我喂你碎饼干儿，
回头我们俩睡一床，
一同到甜甜的梦里去，
唱一个新鲜的歌儿。

宝宝歌还没有唱完，那小雀儿又在乱冲乱飞；四爷张开了两只小臂，口里吁吁的，想去捉他，雀儿愈着急，四爷愈乐。宝宝说:“四爷你别追他，他怪可怜的，我替他难受……”宝宝声音都哑了，她真快哭了。四爷一面追，一面说，“我不疼他，雀儿我不爱，他们也没有好心眼儿，可不是，他们把我心爱的鲜红玫瑰花儿，全吃烂了，我要抓住他来问问……”宝宝说，“你们男孩子究竟心硬；你也不成，前天不是你睡了觉，妈领了我们出去了，回头你一醒不见了我们，你就哭，哭得奶妈打电话！你说你小，雀儿不比你更小吗？你让人放在家里就不愿意，小雀儿让我们关在屋子里就愿意吗？”

四爷站定了，发了一阵呆，小黑眼珠儿又亮了几亮，对宝宝瞪了一眼，一张小嘴抿得紧紧的，走过去把门打个大开，恭敬地说一声“请！”

嗖的一声，小雀儿飞了……

六月十日

（原载:民国十二年六月二十四日《努力周报》第五十八期）

两姊妹

三月。夜九时光景。客厅里只开着中间圆桌上一座大伞形红绸罩的摆灯。柔荏的红辉散射在附近的陈设上，异样的恬静。靠窗一架黑檀几上那座二尺多高维纳斯的雕像，仿佛支不住她那矜持的姿态，想顺着软美的光流，在这温和的春夜，往左侧的沙发上，倦倚下去，她倦了。

安粟小姐自从二十一年前母亲死后承管这所住屋以来，不曾有一晚曾向这华丽、舒服的客厅告过假，缺过席。除了线织、看小说、和玛各——她的妹妹——闲谈，她再没有别的事了。她连星期晚上的祈祷会，都很少去，虽则她们的教堂近在前街，每晚的钟声叮当个不绝，似乎专在提醒，央促她们的赴会。

今夜她依旧坐在她常坐的狼皮椅上，双眼半阖着，似乎与她最珍爱的雕像，同被那私语似的灯光熏醉了。书本和线织物，都放在桌上，她想继续看她的小说，又想结束她的手工，但她的手像痉挛了似的，再也伸不出去。她忽然想起玛各还不回进房来，方才听得杯碟声响，也许她乘便在准备她们临睡前的可可茶。

玛各像半山里云影似的移了进来，一些不着声息，在她姊姊对面的椅上坐了。

她十三年前犯了一次痹症，此后左一半的躯体，总不十分自然。并且稍一劳动，便有些气喘，手足也常发震。

“啊，我差一点睡着了，你去了那么久……”说着将手承着口，打了小半个呵欠。玛各微喘的声息，已经将她惊觉。此时安粟的面容，在灯光下隔着桌子望过去，只像一团干确了的海绵，那些复叠的横皱纹，使人疑心她在苦笑，又像忧愁。她常常自怜她的血弱，她面色确是半青不白的。她声带像是新鲜的芦管做成的，不自然的尖锐。她的笑响，像几枚新栗子同时在猛火里爆裂，但她妹子最怕最厌烦的，尤其是她发怒时带着鼻音的那声“扼衡”。

“扼衡！玛丽近来老是躲懒，昨天不到四点钟就走了，那两条饭巾、一床被单，今天还放着没有烫好，真不知道她在外面忙的是什么！”

“哼，她哪儿还有工夫顾管饭巾……我全知道！每天她出了我们的门，走不到转角上——我常在窗口望她——就躲在那棵树下拿出她那粉拍来，对着小手镜，装扮她那贵重的鼻子——有一天我还见她在厨房里擦胭脂哪！前天不是那克莱妈妈说她一礼拜要看两次电影，说常碰到她和男子一起散步……”

“可不是，我早就说年轻的谁都靠不住，要不是找人不容易，我早就把她回了，我看了她那细小的腰身，就有气！扼衡！”

玛各幽幽地喟息了一声，站了起来，重复半山里云影似的移到窗前，伸出微颤的手指，揭开墨绿绿绒的窗幔，仰起头望着天上，“天倒好了，”她自语着，“方才怪怕人的乌云现在倒变了可爱的月彩，外面空气一定很新鲜的，这个时候……哦，对门那家瑞士人又在那里跳舞了，前天他们才有过跳舞不是，安粟？他们真乐呀，真会享福，他们上面的窗帘没有放下，我这儿望得见他们跳舞呀，果然，那位高高的美男子又在那儿了……啊唷，那位小姐今晚多乐呀，她又穿着她那件枣红的，安粟你也见过的不是，那件银丝镶边的礼服？我可不爱现在的式样，我看是太不成样儿了，我们从前出手稍为短一点子，昂姑母就不愿意，现在她们简直是裸体了——可是那位小姐长得真不错，肉彩多么匀净，身段又灵巧，她贴住在那美男子的胸前，就像一只花蝶儿歇在玉兰花瓣上一样得意……她一对水一般的妙眼尽对着了看，他着了迷了……他着了迷了，这音乐也多趣呀，这是新出的，就是太艳一点，简直有点猥亵，可是多好听，真叫人爱呀……”

安粟侧着一只眼望过来，只见她妹妹的身子有点儿摇动，一双手紧紧地拧住窗幔，口里在吁吁地响应对面跳舞家的乐音……

“扼衡！”

玛各吓得几乎发噤，也自觉有些忘情，赶快低着头回转身。在原先的椅上坐下，一双手还是震震的，震震的……

安粟在做她的针线，低着头，满面的皱纹叠得紧紧的，像秋收时的稻囤。玛各偷偷地瞟了她几眼，顺手把桌上的报纸拿在手里……隔街的乐音，还不时零续地在静定的夜气中震荡。

“铛！”门铃格托的一声，邮件从门上的信格里落在进门的鬃毡上。玛各说了声，让我去看去，出去把信捡了进来。“昂姑母来的信。”

安粟已经把眼镜夹在鼻梁上，接过信来拆了。

野鸭叫一阵的笑，安粟稻囤似的面孔上，仿佛被阳光照着了闪闪的在发亮。“真是！玛各，你听着。”

汤麦的蜜月已经完了。他们夫妻俩现在住在我家里。新娘也很和气的，她的相片你们已经见过了不是？他们俩真是相爱，什么时候都挨得紧紧的，他们也不嫌我，我想他们火热的年轻人看了我们上年纪的，板板的像块木头，说的笑话也是几十年的老笑话，每星期总要背一次的老话，他们看了我一定很觉得可怜——其实我们老人的快活，才是真快活。我眼也花了，前面本来望不见什么，乐得安心静意等候着上帝的旨意，我收拾收拾厨房，看看年轻人的快乐，说说干瘪的笑话，也就过了一天，还不是一样？

间壁史太太家新收了一个寄宿的中国学生。前天我去吃晚饭看见了。一个矮矮的小小的顶好玩的小人，圆圆的头，一头蓬蓬的头发，像是好几个月没有剪过，一双小小的黑眼，一个短短的鼻子，一张小方的嘴，真怪，黄人真是黄人，他的面色就像他房东太太最爱的、蒸得稀烂的南瓜饼，真是蜡黄的。也亏他会说我们的话，一半懂得，一半懂不得。他也很自傲的，一开口就是我们的孔夫子怎么说，我们的孔夫子怎么说——总是我们的孔夫子。前天我们问起中国的妇女和婚姻，引起了他一大篇的议论。他说中国人最有理性，男的女的，到了年纪——我们孔夫子吩咐的——一定得成家成室，没有一个男子，不论多么穷，没有妻子。没有一个女人，不论多么丑，没有丈夫。他说所以中国有这样的太平，人人都很满意的。真是，怪不得从前的“赖耶鸿章”见了格兰士顿的妹妹，介绍时听见是小姐，开头就问为什么还没有成亲！我顶喜欢那小黄人。我几时想请他吃饭，你们也来会会他好不好——他是大学的学生哩！

你的钟爱的姑母

附。安粟不是想养一条狗吗？昨天晚报上有一条卖狗的广告，说是顶好的一条西伯利亚种，尖耳朵，灰色的，价钱也不贵，你们如其想看，可以查一查地址。我是不爱狗的,但也不厌恶。有的真懂事，你们养一条，解解闷儿也好。

姑母

玛各坐着听她姐姐念信，出神似的，两眼汪汪的像要滴泪。安粟念完了打了一个呵欠，把信叠好了放在桌上对玛各说："今晚太迟了，明天一早你写回信吧，好不好？伴'锅那门'（Chinaman）吃饭我是不来的，你要去你可以答应姑母。我倒想请汤麦夫妻来吃饭——不过……也许你不愿意。随你吧。谢谢姑母替我们留心狗的广告，说我这一时买不买还没有决定。我就是这几句话……时候已不早，我去拿可可茶来吃了去睡吧。"

两姊妹吃完了她们的可可茶，一前一后地上楼，玛各更不如她姊姊的轻捷，只是扶着楼梯半山里云影似的移、移，一直移进了卧室。她站在镜台前怔怔地，自己也不知道在想的是什么，在愁的是什么，她总像落了什么重要的物品似的，像忘了一桩重要的事不曾做似的——她永远是这怔怔地，怔怔地。她想起了一件事，她要寻一点旧料子，打开了一只箱子，偻下身去捡。她手在衣堆里碰着了一块硬硬的，她就顺手掏了出来，一包长方形的硬纸包，细绳拴得好好的。她手微震着，解了绳子，打开纸包看时，她手不由得震得更烈了。她对着包裹的内容发了一阵呆，像是小孩子在海砂里掏贝壳，掏出了一个蚂蟥似的。她此时已在地毯上坐着，呆呆地过了一晌，方才调和了喘息，把那纸包放在身上，一张一张地拿在手里，仔细地把玩。原来她的发现只是几张相片，她自己和旁人早年的痕迹，也不知多少年前塞在旧衣箱的底里，早已忘却了。她此时手里擎着的一张是她自己七岁时的小影。一头绝美的黄发散披在肩旁，一双活泼的秀眼，一张似笑不笑的小口，两点口唇切得像荷叶边似的妩媚……她拿到口边吻了一下，笑着说：“多可爱的孩子！”第二张相片是又隔了十年的她，正当她的妙年，一个绝美的影子。她的眉，她的眼，她的不丰不瘦的嫩颊，颊上的微笑，她的发，她的项颈，她的前胸，她的姿态——那时的她，她此时看着，觉得有说不出的可爱，但……这样的美貌，哪一个不倾倒，哪一个舍得不爱……罗勃脱、杰儿、汤麦……哦，汤麦，他如今……蜜月，请他们来吃饭……难道是梦吗，这二十几年怎样地过的……哦，她的痹症，恶毒的病症……从此，从此……

安粟，亲爱的母亲，昂姑母，自己的病，谁的不是，谁的不是……是梦吗？……真是一张雪白的纸，二十几年……玛丽和男子散步……对门的女子跳舞的快乐……哦，安粟说什么，中国，黄人的乐土……太平洋的海水……照片里的少女，被他发痴似的看活了，真的活了！这不是她的鬈发在惺忪地颤动，这不是她象牙似的项颈在轻轻地扭动，她的口在说话了……

这二十几年真是过得不可信！她现在已经老了，已经是废人了，是真的吗？生命，快乐，一切，没有她的份了，是真的吗？每天伴着她神经错乱的姐姐，厨房里煮菜，客厅里念日报，听秋天的雨声、叶声，听春天的鸟声，每晚喝一杯浓煎的可可茶，白天，黑夜，上楼，下楼……是真的吗？

是真的吗？二十几年的我，你说话呀！她的心脏在舂米似的跳响，自己的耳都震聋了。她发了一个寒噤，像得了热病似的。她无意地伸上手去，在身旁的镜台上，拖下了一把手镜来。她放下那只手里的照片，一双手恶狠狠地擒住那面手镜，像擒住了一个敌人，向着她自己的脸上照去……

安粟的房正在她妹子房的间壁，此时隐隐地听得她在床上翻身，口鼻间哼出一声“扼衡！”

老　李

一

他有文才吗？不，他做文课学那《平淮西碑》的怪调子，又写的怪字，看了都叫人头痛。可是他的见解的确是不寻常？也就只一个怪字。他七十二天不剃发、不刮胡子。大冷天人家穿皮褂穿棉袄，他秃着头，单布裤子，顶多穿一件夹袍。他倒宝贝他那又黄又焦的牙齿，他可以不擦脸，可是刷牙漱口仿佛是他的情人，半天也舍不了，每天清早，扰我们好梦的是他那大排场的漱口，半夜里搅我们不睡的又是他那大排场的刷牙。你见过他的算草本子没有，那才好玩，代数、几何，全是一行行直写的，倒亏他自己看得清楚！总而言之，一个字，老李就是怪，怪就是老李。

这是老李同班的在背后讨论他的话，但是老李在班里虽则没有多大的磁力，虽则很少人真的爱他，他可不是让人招厌的人，他有他的品格，在班里很高的品格，他虽是怪，他可没有斑点，每天他在自修室的廊下独自低着头伸着一个手指走来走去的时候，在他心版上隐隐现现的不是巷口锡箔店里穿蓝竹布衫的，不是什么黄金台或是吊金龟，也不是湖上的风光，男女、名利、游戏、风雅，全不是他的份，这些花样在他的灵魂里没有根，没有种子。他整天整夜在想的就是两件事：算学是一件，还有一件是道德问题——怎样叫人不卑鄙有廉耻。他看来从校长起一直到听差，同学不必说，全是不够上流，全是少有廉耻。有时他要是下输了棋，他爱下的围棋，他就可以不吃饭不睡觉地想，想倘然他在那角上早应了一子，他的对手就没有办法，再不然他只要顾自己的活，也就不至于整条的大鱼让人家囫囵地吞去……他爱下围棋，也爱想围棋，他说想围棋是值得的，因为围棋有与数学互相发明的妙处，所以有时他怨自己下不好棋，他就打开了一章温德华斯的小代数，两个手指顶住了太阳穴，细细地研究了。

老李一翻开算学书，就是个活现的疯子，不信你去看他那书桌子，原来学堂里的用具全是一等的劣货，总是庶务攒钱，哪里还经得起他那狠劲地拍，应天响地拍，拍得满屋子自修的，都转过身子来对着他笑。他可不在乎，他不是骂算数教员胡乱教错了，就说温德华斯的方程式根本有疑问，他自己发明的强得多简便得多，并且中国人做算学直写也成了，他看过李壬叔的算学书全是直写的，他看得顶合适，为什么做学问这样高尚的事情都要学外洋，总是奴从的根性改不了！拍的又是一下桌子！

有一次他在演说会里报名演说，他登台的时候（那天他碰巧把胡子刮净了，倒反而看不惯）大家使劲地拍巴掌欢迎他，他把右手的点人指放在桌子边，他那一双离魂病似的眼睛，盯着他自己的指头看，尽看，像是大考时看夹带似的，他说话了。我最不愿意的，我最不赞成的，我最反对的，是——是拍巴掌。一阵更响亮的拍巴掌！他又说话了。兄弟今天要讲的是算学与品行的关系。又是打雷似的巴掌，坐在后背的叫好儿都有。他的眼睛还是盯住在他自己的一个指头上。我以为品行……一顿。我以为算学——又一顿。他的新修的鬓边青皮里泛出红花来了。他又勉强讲了几句，但是除了算学与品行两个字，谁都听不清他说的是什么，他自己都不满意，单看他那眉眼的表情，就明白。最后一阵霹雳似的掌声，夹着笑声，他走下了讲台，向后面那扇门里出去了。散了会，以后人家见他还是亚里士多德似的，独自在走廊下散步。

二

老李现在做他本乡的高小学堂校长了。在东阳市的李家村里，一个中学校的毕业生不是常有的事。老李那年得了优等文凭，他人还不曾回家，一张红纸黑字的报单，上面写着贵府某某大少爷毕业，省立第一中学优等第几名，等等，早已高高地贴在他们李家的祠堂里，他上首那张捷报，红纸已经变成黄纸，黑字已经变成白字，年份还依稀认得出，不是嘉庆八年便是六年。李家村茶店酒店里的客人，就有了闲谈的资料，一班人都懂不得中学堂，更懂不得优等卒业，有几位看报识时务的，就在那里打比喻讲解。高等小学卒业比如从前的进学，秀才。中学卒业算是贡生，优等就算是优贡。老李现在就有这样的身份了。看他不出，从小不很开口说话，性子又执拗，他的祖老人家常说单怕这孩子养不大，谁知他的笔下倒来得，又肯用功，将来他要是进了高等学堂再一毕业，那就算是中了举了！常言说的人不可以貌相不是？这一群人大都是老李的自族，他的祖辈有，父辈也有，子辈有，孙辈也有，甚至叫他太公的都有。这一年的秋祭，李家族人聚会的时候，族长就提出了一个问题。他们公堂里有一份祭产，原定是归有功名的人收的，早出了缺，好几年没有人承当，现在老李已经有了中学文凭，这笔进款是否应该归他的，让大家公议公议，当场也没有人反对，就算是默认了。老李考了一个优等，到手一份祭产，也不能算是不公平。老李的母亲是个寡妇，听说儿子有了荣耀，还有进益，当然是双份的欢喜。

老李回家来不到几天，东阳市的知事就派人来把他请进城去。这是老李第一次见官，他还是秃着头，穿着他的大布褂子，也不加马褂，老李一辈子从没有做过马褂，就有一件黑羽纱的校服，领口和两肘已经烂破了，所以他索性不穿。县知事倒是很客气，把他自己的大轿打了来接他，老李想不坐，可是也没有话推托，只得很不自在地钻进了轿门，三名壮健的轿夫，不到一个钟头就把老李抬进了知事的内宅。“官？”老李一路在想，“官也不定全是坏的。官有时候也有用，像现在这样世界，盗贼、奸淫，没有廉耻的世界，只要做官的人不贪不枉，做个好榜样也就好得多不是。曾文正的《原才》里讲得顶透辟。但是循吏还不如酷吏，循吏只会享太平，现在时代就要酷吏，像汉朝那几个铁心辣手的酷吏，才对劲儿。看，那边不又是打架，那可怜的老头儿，头皮也让扎破了。这儿又是一群人围着赌钱。青天白日，当街赌钱。坏人只配恶对付。杀头，绞，凌迟，都不应该废的，像我们这样民风强悍的地方，更不能废，一废坏人更没有忌惮、更没有天地了。真要有酷吏才好。今天县知事请我不知道为什么。他信上说有要事面商，他怎么会知道我……”

下午老李还是坐了知事大老爷的轿子回乡。他初次见官的成绩很不坏，想不到他倒那样的开通，那样的直爽，那样的想认真办事。他要我帮忙——办开民高小？我做校长？他说话倒真是诚恳。孟甫叔父怎么能办教育？他自己就没有受什么教育。还有他的品格！抽大烟，外遇，侵吞学费。哼，不要说公民资格，人格都没有，怎么配当校长？怎么配教育青年子弟？难怪地方上看不起新开的学堂，应该赶走，应该赶跑。可是我来接他的？我干不干？我不是预定考大学预科将来专修算学的吗？要是留在地方上办事，知事说的为“桑梓帮忙”，我的学问也就完事了。我妈倒是最愿意我留在乡里，也不怪她，她上了年纪，又没有女儿，常受邻房的怄气，气得肝胃脾肺肾轮流地作怪，我要是一出远门，她不是更没有主意，早晚要有什么病痛，叫她靠谁去？知事也这么说，这话倒是情真。况且到北京去念书，要几千里路的路费，大学不比中学，北京不是杭州，用费一定大得多，我哪儿有钱使——就算考取了也还是难，索性不去也罢。可是做校长？校长得兼教修身每星期训词——这都不相干，做一校之长，顶要紧就是品格，校长的品格，就是学堂的品格。我主张三育并重，德育、智育、体育——德育尤其要紧，管理要从严，常言说的棒头上出孝子，好学生也不是天生的，认真来做一点社会事业也好，教育是万事的根本，知事说得不错。我们金华这样的赌风、淫风、械斗、抢劫，都为的群众不明白事理，没有相当的教育，教育，小学教育，尤其是根本，我不来办难道还是让孟甫叔父一般糊涂虫去假公济私不成，知事说的当仁不让……

三

“娘的话果然不错。”老李又在想心思，一天下午他在学校操场的后背林子里独自散步，“娘的话果然不错”，世道人心真是万分的险巇。娘说孟甫叔父诨号笑面老虎，不是好惹的，果然有他的把戏。整天地吃毒药，整天地想打人家的主意。真可笑，他把教育事业当作饭碗，知事把他撤了换我，他只当是我成心抢了他的饭碗——我不去问他要前任的清账，已经是他的便宜，他倒反而唆使猛三那大傻子来跟我捣乱。怎么，那份祭产不归念书的，倒归当兵的。一个连长就会比中学校的卒业生体面，真是笑话。幸亏知事明白，没有听信他们的胡说，还是把这份收入判给我。我倒也不在乎这三四十担粗米，碰到年成坏，也许谷子都收不到，就是我妈倒不肯放手，她话也不错，既是我们的名分，为什么要让人强抢去。孟甫叔父的说话真凶，真是笑里藏刀，句句话有尖刺儿的，他背后一定咒我，一定狠劲地毁谤我。猛三那大傻子，才上他的臭当，隔着省份奔回来替我争这份祭产，他准是一个大草包，他那样子一看就是个强盗，他是在广东当连长的，杀人放火本来是他正当的职业，怪不得他开口就想骂，动手就想打，我是不来和他一般见识，把一百多的小学生管好已够我的忙，谁还有闲工夫吵架？可是猛三他那傻，想了真叫人要笑，跑了几千里地，祭产没有争着，自己倒赔了路费，听说他昨天又动身回广东去了。他自己家庭的肮脏，他倒满不知道，街坊谁不在他的背后笑呵——真是可怜，蠢奴才，他就配当兵杀人！那位孟甫老先生还是吃他的乌烟，我倒不知道他还有什么好主意！

四

知事来了！知事来了！

操场上发生了惨剧，一大群人围着。

知事下了轿，挨进了人圈子。踏烂的草地上横躺着两具血污的尸体。一具斜侧着，胸口流着一大堆的浓血，右手里还擎着一柄半尺长烁亮的尖刀，上面沾着梅花瓣似的血点子，死人的脸上，也是一块块的血斑，他原来生相粗恶，如今看得更可怕了。他是猛三。老李在他的旁边躺着，仰着天，他的情形看得更可惨，太阳穴、下颏、脑壳、两肩、手背、下腹，全是尖刀的窟窿，有的伤处，血已经淤住了，有的鲜红还在直淌，他睁着一双大眼，口也大开着，像是受致命伤以前还在喊救命似的，他旁边伏着一个五六十岁的妇人，拉住他一只石灰色的手，在哽咽地痛哭。

知事问事了。

猛三分明是自杀的，他刺死了老李以后就把刀尖往他自己的心窝里一刺完事。有好几个学生也全看见的，现在他们都到知事跟前来做见证了。他们说今天一早七点半早操班，校长李先生站在那株白果树底下督操，我们正在行深呼吸，忽然听见李先生大叫救命，他向着这一头直奔，他头上已经冒着血，背后凶手他手里拿着这把明晃晃的刀（他们转身往猛三的尸体一指）狠命地追，李先生也慌了，他没有往我们排队那儿逃，否则王先生手里有指挥刀也许还可以救他的命，他走不到几十步，就被那凶手一把揪住了，那凶手真凶，一刀一刀地直刺，一直把李先生刺倒，李先生倒地的时候，我们还听见他大声地嚷救命，可是又有谁去救他呢，不要说我们，连王先生也吓呆了，本来要救，也来不及，那凶手把李先生弄死了，自己也就对准胸膛裁了一刀，他也完了。他几时进来我们也不知道，他始终没有开一声口……

知事说够了够了，他就叫他带来的仵作去检猛三的身上。猛三夹袄的口袋里有几块钱，一张撕过的船票，广东招商局的，一张相面先生的广告单，一个字纸团。知事把那字纸团打开看了，那是一封信。那猛三不就是四个月前和老李争祭产的那个连长吗？老李的母亲揩干了眼泪，走过来说，正是他，那是孟甫叔父怪嫌老李抢了他的校长，故意唆使他来捣乱的。我也听是这么说，知事说，孟甫真不应该，他把手里的字条扬了一扬，恐怕眼前的一场流血，也少不了他的份儿，猛三的妻子是上月死的吗？是的。她为什么死的？她为什么死的！知事难道不明白，街坊上这一时沸沸扬扬的，还不是李猛三家小的话柄，真是话柄！

猛三那糊涂虫，才是糊涂虫，自己在外省当兵打仗，家里的门户倒没有关系，也不避街坊的眼，朝朝晚晚，尽是她的发泼，吵得鸡犬不宁的。果然，自作自受，太阳挂在头顶，世界上也不能没有报应……好，就到种德堂去买生皮硝吃，一吃就闹血海发晕，请大夫也太迟了，白送了一条命，不怪自己，又怪谁去！

知事说冤有头，债有主，这两条新鲜的性命，死得真冤，老李更可惜，好容易一乡上有他一个正直的人，又叫人给毁了，真太冤了！眼看这一百多的学生，又变了失奶的孩子，又有谁能比老李那样热心勤劳，又有谁能比他那高尚的品格？孟甫真不应该，他那暗箭伤人，想了真叫人痛恨，也只有猛三那傻子，听他说什么就信什么，叫他赶回来争祭产，他就回来争祭产，告他老李逼死了他的妻子，叫他回来报仇，也没有说明白为的是什么，他就赶了回来，也不问个红黑是非，船一到埠，天亮就赶来和老李拼命，见面也没有话说，动手就行凶，杀了人自己也抹脖子，现在死没有对证，叫办公事的又有什么主意。

五

老李没有娶亲，没有子息，没有弟兄，也没有姊妹，他就有一个娘，一个年老多病的娘。他让人扎了十几个大窟窿扎死了。他娘滚在鲜血堆里痛哭他；回头他家里狭小的客间里，设了灵座，早晚也就只他的娘哭他，现在的骨头已经埋在泥里，一年里有一次两次烧纸锭给他的——也就只他的老娘。

小赌婆儿的大话

方才天上有块云，白灰色的，停在那盒子形的山峰的顶上，像是睡熟了，他的影子盖住了那山上一大片的草坪，像是架空的一个大天篷，不让暖和的太阳下来。一只灰胸膛的小鸟，他是崇拜太阳的，正在提起他的嗓子重复地唱他新编的赞美诗，他忽然起了疑心。再为他身旁青草上的几颗露水，原来在阳光里像是透明的珍珠，现在变成黯黯的，像是忧愁似的。他仰头看天时，他更加心慌了，因为青天已经躲好，只剩白乎乎的一片不晓得是什么。他停止了他的唱，侧着他的小头，想了一会儿，还是满心的疑惑，于是他就从站着的地方，那是一棵美丽的金银草，跳了出来，他的身子是很轻，所以最娇嫩的花草们都爱他的小脚在他们的头顶上或是腰身里跳着舞着，每回他过路的时候，他们只点着头儿摆着腰儿地笑，因为他们不觉得痛，只觉得好玩，并且他又是最愿意唱歌儿给他们听的。现在他跳不上几步，就望见他的一个朋友，他是一只夜蝶，浑身搽着粉的，伏在一株不曾开花的耐冬上。他就叫着他的名字，那是小玲珑，问他为什么天上有了这样大变动，又暖又亮的太阳光为什么不见了。但那小玲珑，有他自个儿的心事，他昨晚上出去寻他的恋爱，那是灯光，在深深的黑暗里飞了半夜，碰了好几回钉子，翅膀上的金粉，那是他最心疼的，也掉了不少。灯亮，他的恋爱还是不曾寻着。他在路上只见一对萤火虫，那是他本来看不起的，在草堆里有可疑的行为，此外他的近视眼望得见的就是那颗可恼的大星，还是在那里一闪一闪地引诱着他。可怜他那不到三分阔的翅膀如何能飞到几万万里的路程。虽则那星如其要他的性命，他是一定不迟疑地奉献。所以他忙了一夜，一点成绩都没有，后来在一块生荆刺的石头上睡了一会，直到天亮才飞回来的。现在他贴紧在一株快开小白花儿的耐冬身上，回想他一晚上冤屈，抱怨他自己的理想，像做梦似的出了神。他的朋友招呼他，他也不曾理会，一半是疲倦，一半是不愿意，所以他只装是睡熟了没有答应他。那灰胸膛的小雀子是很知趣的，他想不便打扰人家的好梦，他一弯腰又跳了开去。这时候山顶上那块云还是没有让路，他的影子落在青草上更显得浓厚了。所以他更是着急地往前跳，直到他又碰见了一个老朋友，那是一只尖尾巴青肚皮的跳虫，他歇在一棵苦根草的草瓣上，跷着他那一对奇长的后腿，捧着他的尖尾巴像在搔痒似的。“喂，小赌婆儿！”（那是他的诨号，他的名字叫作土螻！）我们的小雀对他喊着，“你的聪明是有名的，现在我要请教你一件事：方才我们的青天，我们的太阳光，不是好好儿的吗？现在你看，为什么这暗沉沉怪怕人的，青天不见了，阳光也没了，这是什么缘故？”“缘故？”那虫儿说，“那是兆头，也是不好的兆头哩;我告诉你说，我的小哥儿！”（我们要记得，那尖尾巴青肚皮长腿子的跳虫不是顶老实的虫子，他会说话，更会撒谎，人家称他聪明，夸他有学问，其实那都是靠不住的，他靠得住的就是他那嘴。）“这又是什么兆头呢？”我们的小雀儿更着急地逼着问。那虫子说：“常言说的小儿快活必有灾难，今天原来不是上好的天时，偏是你爱唱那小调儿，唱了又唱，唱了又唱，唱得天也恼了，太阳也怒了，不瞒你说我也听厌烦了。你知道为什么天上忽然变黑了？那是一个大妖怪，他把他那大翅膀盖住了天，所以青天也不见，太阳也没了。那妖怪是顶可怕的，他有的是一根大尾巴，顶大顶大的大尾巴，他那尾巴一扫的时候，我们就全得遭殃。你不记得上回的大乱子吗？我们那棵大个儿的麻栗树刮断了好几根青条，好几百棵大龙爪花也全让扎一个稀烂不是？两个新出窠儿的吴知了儿正倒运，小翅膀儿也刮糊了，什么了儿也知不了了。你说这不可怕吗？现在又是那兆头来了，你快想法子躲起来吧，回头遭灾可不是玩儿。你又是有家的，不比我那身子又轻又松腿子又长又快的。再会吧，我这就去了。”

小赌婆儿说完了话，就拱起了他的腿弯子，捺下了他的尖肚子，仰起了他的小青嘴儿，扑的一跳，就是三五尺路，拐一个弯又一跳，又一跳，就瞧不见了。我们老实的小雀儿听了他那一番大话，一句句他都相信是真的，他抬头看一看罩蔚蔚的天，他心里害怕，真的像是那大妖精快要作怪似的。他是顶胆小的，况且小赌婆儿说得不错，他是有家的，那更不是玩儿，做家长的总得负责任不是？他站着翘着他小尾又出了一会神。这会他胆气有了，他就拉开他的翅膀，那是蓝毛镶白边顶美的翼子，嘴里打起了口号，他就飞飞飞了。那口号是找他的太太与他们的小孩子的（他有一个小身材的太太，三个小孩儿都像他，就是毛儿没有长全）。这回他有了心事，再不说闲话了，虽则在路上他又碰到许多好朋友，那绰号叫小蛮子的螳螂，浑身穿着盔甲的黑板虫，爱出风头的一对红蜻蜓姊妹，草叶子上那怕人的大黑毛虫，还有好几个游手好闲的长脚蚊虫，他都没有打招呼，他要寻着他的妻子要紧。

他飞不到一会，他就听见水响，那他知道是那条山涧，整天整夜括喇括喇唱着跳着的小涧儿，夹着那水响他又听着一阵小孩儿打哈哈，那声音他听得顶熟。他跳上一块三角棱的石头往下看时，哈哈，可不是他的全家全在这水边儿作乐哪？那是小黄，那是小小黄，那是络儿，他们都站在浅水里，像一群小鸭儿似的，一会儿把他们那小嘴到水底石子里去溜几下，扭过头来向他们的胳肢下狠劲地拧，拧完了挣开了一对小翼子，像是两片破伞，豁刺刺地摇，摇得水点儿乱飞。接着他们哥儿仨就打哈哈，他们那样子顶乐的。还有贴近那野蔷薇的草堆的一块大石头蹲着的，可不是那一样会淘气的小灵儿，她比她的孩子也大不了多少，她今天是领了那群孩子上这儿洗澡来了，她自己蹲着看他们在水里闹，看得真乐。小黄打哈哈，小小黄打哈哈，都不要紧，就是那小络儿顶好玩，他那一打哈哈，妈妈也撑不住打哈哈了。

这时候他们一抬头见了他们的爸，他们爽性乐疯了直嚷，小小黄儿差一点掉下了水，因为他的小腿子还不大站得稳。但是我们的好小雀儿可不能跟他们一般见识，因为我们要记得他是那三个小小雀儿的老子，那小灵儿的丈夫。做家长的最讲究体统，在小孩儿面前不能随便地打哈哈，我们的小雀儿也懂得。所以虽则他自己也顶爱在水里打滚闹着玩，他常常背着他们自个儿出来寻快活，但是当着他们的面他就有他做老头子的嘴脸了。尤其这时候他有的是心事，他怕那大妖魔，吃了青天与太阳的妖魔就快作怪，他十二分地相信那小赌婆儿的大话。所以不等他们笑完，他就大声地说了一大篇的话，意思是大祸快临头了，你们还在这里顽皮，他也怪他妻子不懂事，也不看看天时随便地带了一群孩子出来胡闹，说完了话，他就逼着他们赶快一起回家去躲起来。这一下可真是煞风景，小灵儿，小黄，小小黄，小络儿，全吓慌了，他们哈哈也不打了，澡也不洗了，战兢兢地张开了破伞似的翼子，跟着他们懂事的老子往回飞，可怜那小络儿、小小黄儿真不济事，路上也不知道栽了好几回跟头，幸亏有他们的爸妈看着没有闪坏，又好在他们的家也不远，一会儿就到了。小孩子们一见了家，好不快活，他们一个个抢着到窝里去躲好了，挨得紧紧的，一点声响也没有，他们的小心儿里又觉得害怕，又觉得好玩，不知怎么好似的。我们那小雀儿领了他们回到了家，也就放心得多，他这时候站在家门，斜眼看小灵儿呆呆地蹲着，一半是怪她，一半是爱她，后来他忍不住就忽地一响跳过来，挨紧了她，把他那小嘴往她的头毛里窝着，算是亲爱的意思。小灵儿也懂事，知道她丈夫爱她，她也就紧紧地挨着他，浑身觉得暖和顶畅快的。这时候我们的小雀儿心里在想："现在好了，那小淘气的也回了家，我的蜜甜的小灵儿也挨着我，管他妖魔作怪不作怪，我再也不怕了。"

再过了不多时，在山顶上睡着的那块灰色的云也慢慢地动了，像是睡醒了，要不了一会儿他飞跑了，露出青青的山峰，还是像早上一样，在太阳光里亮着，头顶上也再没有一丝一斑的云气，只有一个青青的青天，望不见底的青天。这时候我们的小雀儿又在唱他的歌儿了，这回唱得更起劲、更好听，他又在赞美他崇拜的太阳与青天，他也笑他自己方才的着忙，他也好笑那小赌婆儿的说大话，他也记得那爱睡的小玲珑儿，也许这时候还是伏在那快开小白花儿的耐冬上做他的好梦……

（原载：民国十三年九月十日《小说月报》第十五卷第九号）

一个清清的早上

翻身？谁没有在床上翻过身来？不错，要是你一上枕就会打呼的话，那原来用不着翻什么身，就使在半夜里你的睡眠的姿态从朝里变成了朝外，那也无非是你从第一个梦跨进第二个梦的意思，或是你哪天晚饭吃得太油腻了，你在枕上扭过头颈去的时候你的口舌间也许发生些唼咂的声响——可是你放心，就这也不能是梦话。

咢先生年轻的时候从不知道什么叫作睡不着，往往第二只袜子还不曾剥下他的呼吸早就调匀了，到了早上还得他妈三四次大声地叫嚷才能叫他擦擦眼皮坐起身来的。近来可变得多了，不仅每晚上床去不能轻易睡着，就是在半夜里使劲地擒着枕头想“着”而偏不着的时候也很多。这还不碍，顶坏是一不小心就说梦话，先前他自己不信，后来连他的听差都带笑脸回说不错，先生您爱闭着眼睛说话，这来他吓了，再也不许朋友和他分床或是同房睡，怕人家听出他的心事。

咢先生今天早上的确在床上翻了身，而且不止一个，他早已醒过来，他眼看着稀淡的晓光在窗纱上一点点地添浓，一晃晃地转白，现在天已大亮了。他觉得很倦，不想起身，可是再也合不上眼，这时他朝外床屈着身子，一只手臂直挺挺地伸出在被窝外面，半张着口，半开着眼——他实在有不少的话要对自己说，有不少的牢骚要对自己发泄，有不少的委屈要向自己清理。这大清清的早上正合适。白天太忙；咒他的，一起身就有麻烦，白天直到晚上，清早直到黄昏，没有错儿，哪儿有容他自己想心事的空闲，有几回在洋车上伸着腿合着眼顶舒服的，正想搬出几个私下的意思出来盘桓盘桓，可又偏偏不争气，洋车一拐弯他的心就像含羞草让人搔了一把似的裹得紧紧的再也不往外放。他顶恨是在洋车上打盹，有几位吃肥肉的歪他们那原来不正的脑袋，口液一绞一绞地简直像冰葫芦似的直往下挂，那样儿才叫寒碜！可是他自己一坐车也撑不住下巴往胸口沉，至多赌咒不让口液往下漏就是。这时候躺在自己的床上，横直也睡不着了，有心事尽管想，随你把心事说出口都不碍，这洋房子漏不了气。对！他也真该仔细地想一想了。

其实又何必想，这干想又有什么用？反正是这么一回事，啵！一兜身他又往里床睡了，被窝漏了一个大窟窿，一阵冷空气攻了进来激得他直打寒噤。哼，火又灭了，老崔真该死！呒！好好一个男子，为什么甘愿受女人的气，真没出息！难道没了女人，这世界就不成世界？可是她那双眼，她那一双手——哪怪男人们不拜倒——O，mouth of honey，with the thyme for fragrance，who with heart in breast could deny your love？这两性间的吸引是不可少的，男人要是不喜欢女人，老实说，这世界就不成世界！可是我真的爱她吗？这时候罟先生伸在外面的一只手又回进被封里去了，仰面躺着。就剩一张脸露在被口上边，端端正正的像一个现制的木乃伊。爱她不爱她……这话就难说了，喜欢她，那是不成问题。她要是真做了我的……哈哈那可逗了，老孔准气得鼻孔里冒烟，小彭气得小肚子发胀，老王更不用说，一定把他那管铁锈了的白郎林拿出来不打我就毁他自己。咳，他真会干，你信不信？你看昨天他靠着墙的时候那神气，简直仿佛一只饿急了的野兽，我真有点儿怕他！甹先生的身子又弯了起来，一只手臂又出现了。得了，别做梦吧，她是不会嫁我的，她能懂得我什么？她只认识我是一个比较漂亮的留学生，只当我是一个情急的求婚人，只把我看作跪在她跟前求布施的一个——她压根儿也没想到我肚子里究竟是青是黄，我脑袋里是水是浆——这哪儿说得上了解，说得上爱？早着哪！可是……甹先生又翻了一个身。可是要能有这样一位太太，也够受用了，说一句良心话，放在跟前不讨厌，放在人前不着急。这不着急顶要紧。要像是杜国朴那位太太朋友们初见面总疑心是他的妈，那我可受不了！长得好自然便宜，每回出门的时候，她轻轻地软软地挂在你的臂弯上，这就好比你捧着一大把的百合花，又香又艳的，旁人见了羡慕，你自己心里舒服，你还要什么？还有到晚上看了戏或是跳过舞一同回家的时候，她的两靥让风刮得红村村的，口唇上还留着三分的胭脂味儿，那时候你拥着她一同走进你们又香又暖的卧房，在镜台前那盏鹅黄色的灯光下，仰着头，斜着脸，瞟你这么一眼，那是……那是……咢先生这时候两只手已经一齐挣了出来，身体也反扑了过来，背仰着天花板，狠劲地死挤他那已经半瘪了的枕头。那枕头要是玻璃做的，早就让他挤一个粉碎！

唉！咢先生喘了口长气，又恢复了他那木乃伊的睡法。唉，不用想太远了，按昨儿那神气下回再见面她整个儿不理会我都难说哩！我为她心跳，为她吃不下饭，为她睡不着，为她叫朋友笑话，她，她哪里知道？就是知道了她也不得理会。女孩儿的心肠有时真会很硬，谁说的“冷酷”，一点也不错，你为她伤了风生病，她就说你自个儿不小心，活该，就使你为她吐出了鲜红的心血，她还会说你自己走道儿不谨慎叫鼻子碰了墙或是墙碰了你的鼻子，现在闹鼻血从口腔里哼出来吓呵人哪！咳，难，难，难，什么战争都有法子结束，就这男女性的战争永远闹不出一个道理来。凡人不中用，圣人也不中用，平民不成功，贵族也不成功。哼，反正就是这么回事，随你绕大弯儿小弯儿想去，回头还是在老地方，一步也没有移动。空想什么，咒他的——我也该起来了。老崔！老崔！打脸水。

船　上

“这草多青呀！”腴玉简直的一个大筋斗滚进了河边一株老榆树下的草里去了。她反扑在地上，直挺着身子，双手纠着一把青草,尖着她的小鼻子尽磨尽闻尽亲。“你疯了，腴腴！不怕人家笑话，多大的孩子，到了乡下来学巴儿狗打滚！”她妈嗔了。她要是真有一根矮矮的尾巴，她准会使劲地摇。这来其实是乐极了，她从没有这样乐过。现在她没有尾巴，她就摇着她的一双瘦小的脚踝，一面手支着地，扭过头来直嚷：“娘！你不知道我多乐，我活了二十来岁，就不知道地上的青草可以叫我乐得发疯；娘！你也不好，尽逼着我念书，要不然就骂我，也不叫我闻闻青草是什么味儿！”她声音都哑了，两只眼里绽出两朵大眼泪，在日光里亮着，像是一对水晶灯。

真的，她自己想着也觉得可笑。怎么的二十来岁的一位大姑娘，连草味儿都没闻着过？还有这草的颜色青得多嫩呀，像是快往下掉的水滴似的。真可爱！她又亲了一口。比什么珠子宝贝都可爱，这青草准是活的，有灵性的，就可惜你不知道她的名字，要不然你叫她一声她准会甜甜地答应你，比阿秀那丫头的声音蜜甜得多。她简直是爱上了她手里捧着的草瓣儿，她心里一阵子的发酸，一颗粗粗的眼泪直掉了下来，真巧，恰好掉在那草瓣儿上，沾着一点儿，草儿微微地动着，对！她真懂得我，她也一定替我难受。这一想开，她也不哭了。她爬了起来，她的淡灰色的哔叽裙上沾着好几块的泥印，像是绣上了绣球花似的，顶好玩，她空举着一双手也不去拂拭，心里觉得顶痛快的，那半涩半香的青草味儿还是在她的鼻孔里轻轻地逗着，仿佛说别忘了我别忘了我。她妈看着她那傻劲儿，实在舍不得再随口骂，伸手拉一拉自己的衣襟走上一步，软着声音说："腴玉，不要疯了，快走吧。"

腴玉那晚睡在船上，这小航船已经够好玩，一个大箱子似的船舱，上面盖着芦席，两边两块顶中间嵌小方玻璃的小木窗，左边一块破了一角，右边一块长着几块疙疤儿像是水泡疮，那船梢更好玩，翘得高高的像是乡下老太太梳的元宝髻。开船的时候，那赤腿赤脚的船家就把那支又笨又重的橹安上了船尾尖上的小铁锤儿，那磨得烁亮的小铁拳儿，船家的大脚拇指往前一扁一使劲，那橹儿就推着一股水叫一声“姓纪”，船家的脚跟向后一顿身子一仰，那橹儿就扳着一股水叫一声“姓贾”，这一纪一贾，这只怪可怜的小航船儿就在水面上晃着她的黄鱼口似的船头直向前溜，底下托托的一阵水响怪招痒的。腴玉初下船时受不惯，真的打上了好几个寒噤，但要不了半个钟头就惯了。她倒不怕晕，她在垫褥上盘腿坐着，臂膀靠着窗，看一路的景致，什么都是从不曾见过似的，什么都好玩——那横肚里长出来的树根像老头儿脱尽了牙的下巴，在风里摇摆着的芦梗，在水边洗澡的老鸦，露出半个头一条脊背的水牛，蹬在石渡上洗衣服的乡下女孩子，仰着她那一块黄糙布似的脸子呆呆地看船，旁边站着男小孩子，不满四岁光景，头顶笔竖着一根小尾巴，脸上画着泥花，手里拿着树条，他也呆呆地看船。这一路来腴玉不住地叫着妈：这多好玩，那多好玩。她恨不得自己也是个乡下孩子，整天去弄水弄泥没有人管，但是顶有趣的是那水车，活像是一条龙，一斑斑的龙鳞从水里往上爬。乡下人真聪明，她心里想，这一来河里的水就到了田里去，谁说乡下人不机灵？喔，你看女人也来踏水的，你看他们多乐呀，两个女的，一个男的，六条腿忙得什么似的尽踩，有一个长得顶秀气，头上还戴花那，她看着我们船直笑。妈你听呀，这不是真正的山歌！什么李花儿桃花儿的我听不清，好听，妈，谁说做乡下人苦，你看他们做工都是顶乐的，赶明儿我外国去了回来一定到乡下来做乡下人，踏水车儿唱山歌，我真干，妈，你信不信？

她妈领着她替她的祖母看坟地来的。看地不是她的事，她这来一半天的工夫见识可长了不少。真的，你平常不出门你永远不得知道你自个儿的见识多么浅陋得可怕，连一个七八岁的乡下姑娘都赶不上，你信不信？可不是我方才拿着麦子叫稻，点着珍珠米梗子叫芋头，招人家笑话难为情，芋头都认不清，那光头儿的大荷叶多美。榆钱儿也好玩，真像小钱，我书上念过，可从没有见过，我捡了十几个整圆的拿回去给妹妹看。还有那瓜蔓有趣，像是葡萄藤，沿着棚匀匀地爬着，方才那红眼的小养媳妇告诉我那是南瓜，到了夏天长得顶大顶大的，有头二十斤重，挂在这细条子上，风吹雨打都不易掉，你说这天下的东西造得多灵巧多奇怪呀。这晚上她睡在船舱里怎么也睡不着。腿有点儿酸，白天路跑多了。眼也酸，可又合不紧，还是开着吧。舱间里黑沉沉的，妈已经睡着了，外舱老妈子丫头在那儿怪寒碜地打呼。她偏睡不着，脑筋里新来的影子真不少，像是家里有事情屋子里满了的全是外来的客，有的脸熟，有的不熟；又像是迎会，一道道地迎过去；又像是走马灯，转了去又回来了。一纪一贯的橹声，轧轧的水车，那水面露着的水牛鼻子，那一田的芋头叶，那小孩儿的赤腿，吃晚饭时乡下人拿进来那碗螺蛳肉，桃花李花的山歌，那座小木桥，那家带卖茶的财神庙，那河边青草的味儿……全在这儿，全在她的脑壳里挤着，也许他们从此不出去了。这新来客一多，原来的家里人倒像是躲起来了，腴玉，这天以前的腴玉，她的思想，她的生活，她的烦恼，她的忧愁全躲起来了，全让这芋头水牛鼻子螺蛳肉挤跑了，她仿佛是另投了胎，换了一个人似的，就连睡在她身旁的妈都像是离得很远，简直不像是她亲娘，她仿佛变了那赤着腿脸上涂着泥手里拿着树条站在河边瞪着眼的小孩儿，不再是她原来的自己。哦，她的梦思风车似的转着，往外跳的谷皮全是这一天的新经验，与那二十年间在城市生长养大的她绝对地联不起来，这是怎么回事……

她翻过身去，那块长疙疤的小玻璃窗外天光望见了她。咦，她果然是在一只小航船里躺着，并不是做梦。窗外白白的是什么光呀，她一仰头正对着岸上那株老榆树顶上爬着的几条月亮，本来是个满月，现在让榆树叶子揉碎了。那边还有一颗顶亮的星，离着月亮不远，腴玉益发地清醒了。这时船身也微微地侧动，船尾那里隐隐地听出水声，像是虫咬什么似的响着，远远的风声、狗叫声也分明地听着，他们果然是在一个荒僻的乡下过夜，也不觉得害怕，多好玩呀！再看那榆树顶上的月亮，这月色多清，一条条的光亮直打到你眼里来，叫你心窝里一阵阵的发冷，叫你什么不愿意想着的事情全想了起来，呀，这月光……

这一转身，一见月光，二十年的她就像孔雀开屏似的花斑斑地又支上了心来，满屋子的客人影子都不见了。她心里一阵子发冷，她还是她，她的忧愁，她的烦恼，压根儿就没有离着她——她妈也转了一个身，她的迟重呼吸就在她的身旁。

肉艳的巴黎

我在巴黎时常去看一个朋友，他是一个画家，住在一条闻着鱼腥的小街底头一所老屋子的顶上一个A字式的尖阁里，光线暗澹得怕人，白天就靠两块日光胰子大小的玻璃窗给装装幌，反正住的人不嫌就得。他是照例不过正午不起身，不近天亮不上床的一位先生，下午他也不居家，起码总得上灯的时候他才脱下了外褂露出两条破烂的臂膀，埋身在他那艳丽的垃圾窝里开始他的工作。

艳丽的垃圾窝——它本身就是一幅妙画！我说给你听听。贴墙有精窄的一条上面盖着黑毛毡的算是他的床，在这上面就准你规规矩矩地躺着，不说起坐一定扎脑袋，就连翻身也不免冒犯斜着下来永远不退让的屋顶先生的身份！承着顶尖全屋子顶宽舒的部分放着他的书桌——我捏着一把汗叫它书桌，其实还用提吗，上边什么法宝都有，画册子、稿本、黑炭、颜色盘子、烂袜子、领结、软领子、热水瓶子压瘪了的、烧干了的酒精灯、电筒、各色的药瓶、彩油器、脏手绢、断头的笔杆、没有盖的墨水瓶子、一柄手枪，那是瞒不过我花七法郎在密歇耳大街路旁旧货摊上换来的，照相镜子、小手镜、断齿的梳子、蜜膏、晚上喝不完的咖啡杯、详梦的小书，还有——还有可疑的小纸盒儿，凡士林一类的油膏……一只破木板箱一头漆着名字上面蒙着一块灰色布的是他的梳妆台兼书架，一个洋瓷面盆半盆的胰子水似乎都叫一部旧版的卢骚集子给饕了去，一顶便帽套在洋瓷长提壶的耳柄上，从袋底里倒出来的小铜钱错乱地散着像是土耳其人的符咒，几只稀小烂苹果围着一条破香蕉像是一群大学教授们围着一个教育次长索薪……

壁上看得更斑斓了：这是我顶得意的一张庞那的底稿当废纸买来的，那是我临蒙内的裸体，不十分行，我来撩起灯罩你可以看清楚一点，草色太浓了，那膝部画坏了。

那一小幅更名贵，你认是谁，罗丹的！那是我前年最大的运气，也算是错来的，老巴黎就是这点子便宜，挨了半年八个月的饿不要紧，只要有机会捞着真东西，这还不值得！那边一张挤在两幅油画缝里的，你见了没有，也是有来历的，那是我前年趁马克倒霉路过佛兰克福德时夹手抢来的，是真的孟德尔都难说，就差糊了一点现在你给三千佛郎我都不卖，加倍再加倍都值，你信不信？再看那一长条……在他那手指东点西的卖弄他的家珍的时候，你竟会忘了你站着的地方是不够六尺阔的一间阁楼，倒像跨在你头顶那两爿斜着下来的屋顶也顺着他那艺术谈法术似的隐了去，露出一个爽恺的高天，壁上的疙瘩、壁蟢窠、霉块、钉疤，全化成哥罗画帧中"飘摇欲化烟"的最美丽的林树与轻快的流涧。桌上的破领带、手绢、烂香蕉、臭袜子等等也全变形成戴大阔边稻草帽的牧童们，偎着树打盹的，牵着牛在涧里喝水的，手反衬着脑袋放平在青草地上瞪眼看天的，斜眼溜着那边走进来的姑娘们手按着音腔吹横笛的——可不是那边来了一群姑娘们，全是年岁青青的，露着胸膛，散着头发，还有光着白腿的在青草地上跳着来了……呃！小心扎脑袋，这屋子真扁纽，你出什么神来了？想着你的Bel Ami对不对？你到巴黎快半个月了，该早有落儿了，这年头收成真容易——吪，太容易了！谁说巴黎不是理想的地狱？你吸烟斗吗？这儿有自来火。对不起，屋子里除了床，就是那张弹簧早经追悼了的沙发，你坐坐吧，给你一个垫子，这是全屋子顶温柔的一样东西。

不错，那沙发，这阁楼上要没有那张沙发，主人的风格就落了一个极重要的元素。说它肚子里的弹簧完全没了劲，在主人说是太谦，在我说是简直污蔑了它。因为分明有一部分内簧是不曾死透的，那在正中间，看来倒像是一座分水岭，左右都是往下倾的，我初坐下时不提防它还有弹力，倒叫我骇了一下。靠手的套布可真是全霉了，露着黑黑黄黄不知是什么货色，活像主人衬衫的袖子。我正落了坐，他咬了咬嘴唇翻一翻眼珠微微地笑了。笑什么了你？我笑——你坐上沙发那样儿叫我想起爱菱。爱菱是谁？她呀——她是我第一个模特儿。模特儿？你的？你的破房子还有模特儿，你这穷鬼画得起……别急，究竟是中国初来的，听了模特儿就这样的起劲，看你那脖子都上了红印！本来不算事，当然，可是我说像你这样破鸡棚……破鸡棚便怎么样，耶稣生在马号里的，安琪儿们都在马矢里跪着礼拜哪！别忙，好朋友，我请你听。如其巴黎人有一个好处，他就是不势利！中国人顶糟了，这一点，穷人有穷人的势利，阔人有阔人的势利，半不阑珊有半不阑珊的势利——那才是半开化，才是野蛮！你看像我这样子，头发像刺猬，八九天不刮的破胡子，半年不收拾的脏衣服，鞋带扣不上的皮鞋——要在中国，谁不叫我外国叫花子，哪配进北京饭店一类的势利场；可是在巴黎，我就这样儿随便问哪一个衣服顶漂亮脖子搽得顶香的娘们跳舞，十回就有九回成，你信不信？至于模特儿，那更不成话，哪有在巴黎学美术的，不论多穷，一年里不换十来个眼珠亮亮的来坐样儿？房子破更算什么？波希民的生活就是这样，按你说模特儿就不该坐坏沙发，你得准备杏黄贡缎绣丹凤朝阳做垫的太师椅请她坐你才安心对不对？再说……

别再说了！算我少见世面，算我是乡下佬戆，得了，可是说起模特儿，我倒有点好奇，你何妨讲些经验给我长长见识？有真好的没有？我们在美术院里见着的什么维纳丝得米罗、维纳丝梅第妻，还有铁青的、鲁班师的、鲍弟千里的、丁稻来笃的、箕奥其安内的裸体实在是太美，太理想，太不可能，太不可思议，反面说，新派的比如雪尼约克的、玛提斯的、塞尚的、高耿的、弗郎刺马克的，又是太丑，太损，太不像人，一样的太不可能，大不可思议。人体美，究竟怎么一回事？我们不幸生长在中国，女人衣服一直穿到下巴底下腰身与后部看不出多大分别的世界里，实在是太蒙昧无知，太不开眼。可是再说呢，东方人也许根本就不该叫人开眼的，你看过约翰巴里士那本《沙扬娜拉》没有，他那一段形容一个日本裸体舞女——就是一张脸上粉搽得像棺材里爬起来的颜色，此外耳朵以后下巴以下就比如一节蒸不透的珍珠米！——看了真叫人恶心。你们学美术的才有第一手的经验，我倒是……

你倒是真有点羡慕，对不对？不怪你，人总是人。不瞒你说，我学画画原来的动机也就是这点子对人体秘密的好奇。你说我穷相，不错，我真是穷，饭都吃不出，衣都穿不全，可是模特儿——我怎么也省不了。这看人体美的欣赏在我已经成了一种生理的要求，必要的奢侈，不可摆脱的嗜好，我宁可少吃俭穿，省下几个佛郎来多雇几个模特儿。你简直可以说我是着了迷，成了病，发了疯，爱说什么就什么，我都承认——我就不能一天有一个精光的女人躺在我的面前供养、安慰，喂饱我的“眼淫”。当初罗丹我猜也一定与我一样的狼狈，据说他那房子里老是有剥光的女人，也不为坐样儿，单看她们日常生活“实际的”多变化的姿态——他是一个牧羊人，成天看着一群剥了毛皮的驯羊！鲁班师那位穷凶极恶的大手笔，说是常难为他太太做模特儿，结果因为他成天不断地画他太太竟许连穿裤子的空儿都难得有！但如果这话是真的，鲁班师还是太傻，难怪他那画里的女人都是这剥白猪似的单调，少变化。美的分配在人体上是极神秘的一个现象，我不信有理想的全才，不论男女，我想几乎是不可能的。上帝拿着一把颜色往地面上撒，玫瑰、罗兰、石榴、玉簪、剪秋罗，各样都沾到了一种或几种的彩泽，但绝没有一种花包含所有可能的色调的，那如其有，按理论讲，岂不是又得回复了没颜色的本相？人体美也是这样的，有的美在胸部，有的腰部，有的下部，有的头发，有的手，有的脚踝，那不可理解的骨骼、筋肉、肌肤的会合，形成各个不同的线条，色调的变化，皮面的涨度，毛管的分配，天然的姿态，不可制止的表情——也得你不怕麻烦细心体会发现去，上帝没有这样便宜你的事情，他决不给你一个具体的绝对美，如果有，我们所有艺术的努力就没有了意义，巧妙就在你明知这山里有金子,可是在哪一点你得自己下功夫去找。啊！说起这艺术家审美的本能，我真要闭着眼感谢上帝——要不是他，岂不是所有人体的美，说窄一点，都变了古长安道上历代帝王的墓窟，全叫一层或几层薄薄的衣服给埋没了！回头我给你看我那张破床底下有一本宝贝，我这十年血汗辛苦的成绩——千把张的人体临摹，而且十分之九是在这间破鸡棚里钩下的，别看低我这张弹簧早经追悼的沙发，这上面落座过至少一二百个当得起美字的女人！别提专门做模特儿的，巴黎哪一个不知道俺家黄脸什么，那不算稀奇，我自负的是我独到的发现：一半因为看多了的缘故，女人肉的引诱在我差不多完全消灭在美的欣赏里面，结果在我这双“淫眼”看来，一丝不挂的女人就同紫霞宫里翻出来的尸首穿得重重密密的，摇不动我的性欲，反面说当真穿着整齐的女人，不论她在人堆里站着，在路上走着，只要我的眼到，她的衣服的障碍就无形地消灭，正如老练的矿师一瞥就认出矿苗，我这美术本能也是一瞥就认出“美苗”，一百次里错不了一次，每回发现了可能的时候，我就非想法找到她剥光了她叫我看个满意不成，上帝保佑这文明的巴黎，我失望的时候真难得有！我记得有一次在戏园子看着了一个贵妇人，实在没法想（我当然试来）我那难受就不用提了，比发疟疾还难受——她那特长分明是在小腹与……

够了够了！我倒叫你说得心痒痒的，人体美！这门学问，这门福气，我们不幸生长在东方谁有机会研究享受过来？可是我既然到了巴黎，又幸气碰着你，我倒真想叨你的光开开我的眼，你得替我想法，要找在你这宏富的经验中比较最贴近理想的一个看看……

你又错了！什么，你意思花就许巴黎的花香，人体就许巴黎的美吗？太灭自己的威风了！别信那巴理士什么沙扬娜拉的胡说，听我说，正如东方的玫瑰不比西方的玫瑰差什么香味，东方的人体在得到相当的栽培以后，也同样不能比西方的人体差什么美——除了天然的限度，比如骨骼的大小，皮肤的色彩。同时顶要紧的当然要你自己性灵里有审美的活动，你得有眼睛，要不然这宇宙不论它本身多美多神奇在你还是白来的。我在巴黎苦过这十年，就为前途有一个宏愿：我要张大了我这经过训练的“淫眼”到东方去发现人体美——谁说我没有大文章做出来？至于你要借我的光开开眼，那是最容易不过的事情，可是我想想——可惜了！有个马达姆朗洒，原先在巴黎大学当物理讲师的，你看了准忘不了，现在可不在了，到伦敦去了；还有一个马达姆薛托漾，她是远在南边乡下开面包铺子的，她就够打倒你所有的丁稻来笃，所有的铁青，所有的箕奥其安内——尤其是给你这未入流看，长得太美了，她通体就看不出一根骨头的影子，全叫匀匀的肉给隐住的圆的润的，有一致节奏的，那妙是一百个哥蒂霭也形容不全的，尤其是她那腰以下的结构，真是奇迹！你从意大利来该见过西龙尼维纳丝的残像，就那也只能仿佛，你不知道那活的气息的神奇，什么大艺术天才都没法移植到画布上或是石塑上去的（因此我常常自己心里辩论究竟是艺术高出自然还是自然高出艺术，我怕上帝僭先的机会毕竟比凡人多些）；不提别的单就她站在那里你看，从小腹接桎上股那两条交汇的弧线起直往下贯到脚着地处止，那肉的浪纹就比是——实在是无可比——你梦里听着的音乐，不可信的轻柔，不可信的匀净，不可信的韵味——说粗一点，那两股相并处的一条线直贯到底，不漏一屑的破绽，你想通过一根发丝或是吹度一丝风息都是绝对不可能的——但同时又绝不是肥肉的粘着，那就呆了。真是！唉，就可惜多美一个天才偏叫一个六尺三高长红胡子的面包师给糟蹋了。真的这世上的姻缘说来真怪，我很少看见美妇人不嫁给猴子类、牛类、水马类的丑男人！但这是笑话。眼前我招得到的、够资格的也就不少——有了，方才你坐上这沙发的时候叫我想起了爱菱，也许你与她有缘分，我就为你招她去吧，我想应该可以容易招到的。可是上哪儿呢？这屋子终究不是欣赏美妇人的理想背景，第一不够开展，第二光线不够——至少为外行人像你一类着想……我有了一个顶好的主意，你远来客我也该独出心裁招待你一次，好在爱菱与我特别的熟，我要她怎么她就怎么。暂且约定后天吧，你上午十二点到我这里来，我们一同到芳丹薄罗的大森林里去，那是我常游的地方，尤其是阿房奇石相近一带，那边有的是天然的地毯，这一时是自然最妖艳的日子，草青得滴得出翠来，树绿得涨得出油来，松鼠满地满树都是，也不很怕人，顶好玩的，我们决计到那一带去秘密野餐吧——至于“开眼”的话，我包你个一百二十分的满足，将来一定是你从欧洲带回家最不易磨灭的一个印象！一切有我布置去，你要是愿意贡献的话，也不用别的，就要你多买大杨梅，再带一瓶橘子酒，一瓶绿酒，我们享半天闲福去。现在我讲得也累了，我得躺一会儿，我拿我床底下那本秘本给你先揣摹揣摹……

隔一天我们从芳丹薄罗林子里回巴黎的时候，我仿佛刚做了一个最荒唐、最艳丽、最秘密的梦。

“死城”（北京的一晚）

廉枫站在前门大街上发怔。正当上灯的时候，西河沿的那一头还漏着一片焦黄。风算是刮过了，但一路来往的车辆总不能让道上的灰土安息。他们忙的是什么？翻着皮耳朵的巡警不仅得用手指，还得用口嚷，还得旋着身体向左右转。翻了车，碰了人，还不是他的事？声响是杂极了的，但你果然当心听的话，这匀匀的一片也未始没有它的节奏，有起伏，有波折，也有间歇。人海里的潮声。廉枫觉得他自己坐着一叶小艇从一个涛峰上颠渡到又一个涛峰上。他的脚尖在站着的地方不由得往下一按，仿佛信不过他站着的是坚实的土地。

在灰土狂舞的晴空兀突着前门的城楼，像一个脑袋，像一个骷髅。青底白字的方块像是骷髅脸上的窟窿，显着无限的忧郁，廉枫从不曾想到前门会有这样的面目。它有什么忧郁？它能有什么忧郁。可也难说，明陵的石人石马，公园的公理战胜碑，有时不也看得发愁？总像是有满肚的话无从说起似的。这类东西果然有灵性，能说话，能冲着来往人们打哈哈，那多有意思！但前门现在只能沉默，只能忍受——忍受黑暗，忍受漫漫的长夜。它即使有话也得过些时候再说，况且它自己的脑壳都已让给蝙蝠们、耗子们做了家，这时候它们正在活动——它即使能说话也不能说。这年头一座城门都有难言的隐衷，真是的！在黑夜的逼近中，它那壮伟，它那博大，看得多么远，多么孤寂，多么冷。

大街上的神情可是一点也不见孤寂，不见冷。这才是红尘，颜色与光亮的一个斗胜场。够好看的。你要是拿一块绸绢盖在你的脸上再望这一街的红艳，那完全另是一番景象。你没有见过威尼市大运河上的晚照不是？你没有见过纳尔逊大将在地中海口轰打拿破仑舰队不是？你也没有见过四川青城山的朝霞、英伦泰晤士河上雾景不是？好了，这来用手绢一护眼看前门大街——你全见着了。一转手解开了无穷的想象的境界，多巧！廉枫搓弄着他那方绸绢，不是不得意他的不期的发现。但他一转身又瞥见了前门城楼的一角，在灰苍中隐现着。

进城吧。大街有什么可看的？那外表的热闹正使人想起丧事人家的鼓吹，越喧阗越显得凄凉。况且他自己的心上又横着一大饼的凉，凉得发痛。仿佛他内心的世界也下了雪，路旁的树枝都蘸着银霜似的。道旁树上的冰花可真是美，直条的，横条的，肥的瘦的，梅花也欠他几分晶莹，又是那恬静的神情，受苦还是含着笑。可不是受苦，小小的生命躲在枝干最中心的纤维里耐着风雪的侵凌——它们那心窝里也有一大饼的凉。但它们可不怨；它们明白，它们等着。春风一到它们就可以抬头，它们知道，荣华是不断的，生命是悠久的。

生命是悠久的。这大冷天，雪风在你的颈根上直刺，虫子潜伏在泥土里等打雷，心窝里带着一饼子的凉，你往哪儿去？上城墙去望望不好吗？屋顶上满铺着银，僵白的树木上也不见恼人的春色，况且那东南角上亮亮的不是上弦的月正在升起吗？月与雪是有默契的。残破的城砖上停留着残雪的斑点，像是无名的伤痕，月光澹澹地斜着来，如同有手指似的抚摩着它的荒凉的伙伴。猎夫星正从天边翻身起来，腰间翘着箭囊，卖弄着他的英勇。西山的屏峦竟许也望得到，青青的几条发丝勾勒着沉郁的瞑色，这上面悬照着太白星耀眼的宝光。灵光寺的木叶，秘魔岩的沉寂，香山的冻泉，碧云山的云气，山坳里间或有一星二星的火光，在雪意的惨淡里点缀着惨淡的人迹……这算计不错，上城墙去，犯着寒，冒着夜。黑黑的，孤零零的，看月光怎样把我的身影安置到雪地里去。廉枫正走近东交民巷一边的城根，听着美国兵营的溜冰场里的一阵笑响，忽然记起这边是帝国主义的禁地，中国人怕不让上去。果然，那一个长六尺高一脸糟瘢守门兵只对他摇了摇脑袋，磨着他满口的橡皮，挺着胸脯来回走他的路。

不让进去，辜负了，这荒城，这凉月，这一地的银霜。

心头那一饼还是不得疏散，郁得更凉了。不到一个适当的境地你就不敢拿你自己尽量地往外放，你不敢面对你自己,不敢自剖。仿佛也有个糟癍脸的把着门哪。他让进去。有人得喝够了酒才敢打倒那糟癍脸的。有人得仰仗迷醉的月色。人是这软弱。什么都怕，什么都不敢当面认一个清切，最怕看见自己。得！还有什么地方可去的？敢去吗？

廉枫抬头望了望星。疏疏的没有几颗。也不显亮。七姊妹倒看得见，挨得紧紧的，像一球珠花。顺着往东去不好吗？往东是顺的。地球也是这么走。但这陌生的胡同在夜晚觉得多深沉，多遥远。单这静就怕人。半天也不见一副卖萝卜或是卖杂吃的小担。他们那一个小火，照出红是红青是青的，在深巷里显得多可亲，多玲珑，还有他们那叫卖声，虽则有时曳长得叫人听了悲酸，也是深巷里不可少的点缀。就像是空白的墙壁上挂上了字画，不论精粗，多少添上一点人间的趣味。你看他们把担子歇在一家门口，站直了身子，昂着脑袋，咧着大口唱——唱得脖子里筋都暴起了。这来邻近哪家都不能不听见。那调儿且在那空气里转着哪——他们自个儿的口鼻间蓬蓬地晃着一团的白云。

今晚什么都没有。狗都不见一只。家门全是关得紧紧的。墙壁上的油灯——一小米的火——活像是鬼给点上的，方便鬼的。骡马车碾烂的雪地，在这鬼火的影映下，都满是鬼意。鬼来跳舞过的。化子们叫雪给埋了。口袋里有的是铜子，要见着化子在这年头，还有不布施的？静，空虚的静，墓底的静。这胡同简直没有个底。方才拐了没有？廉枫望了望星知道方向没有变。总得有个尽头，赶着走吧。

走完了胡同到了一个旷场。白茫茫的。头顶星显得更多更亮了。猎夫早就全身披挂地支起来了，狗在那一头领着路。大熊也见了。廉枫打了一个寒噤。他走到了一座坟山。外国人的，在这城根。也不知怎么的，门没有关上。他进了门。这儿地上的雪比道上的白得多，松松的满没有斑点。月光正照着。墓碑有不少，疏朗朗地排列着，一直到黑巍巍的城根。有高的，有矮的，也有雕镂着形象的。悄悄地全戴着雪帽、盖着雪被，悄悄地全躺着。这倒有意思，月下来拜会洋鬼子，廉枫叹了一口气。他走近一个墓墩，拂去了石上的雪，坐了下去。石上刻着字，许是金的，可不易辨认。廉枫拿手指去摸那字迹。冷极了！那雪腌过的石板吸墨纸似的猛收着他手指上的体温。冷得发僵，感觉都失了。他哈了口气再摸，仿佛人家不愿意你非得请教姓名似的。摸着了，原来是一位姑娘，FRAULEIN ELIZA BERKSON。还得问几岁！这字小更费事，可总得知道。早三年死的。二十八除六是二十二。呀，一位妙年姑娘，才二十二岁的！廉枫感到一种奇异的战栗，从他的指尖上直通到发尖，仿佛身背有一个黑影子在晃动。但雪地上只有澹白的月光。黑影子是他自己的。

做梦也不易梦到这般境界。我陪着你哪，外国来的姑娘。廉枫的肢体在夜凉里冻得发了麻，就是胸潭里一颗心热热地跳着，应和着头顶明星的闪动。人是这软弱，他非得要同情。盘踞在肝肠深处的那些非得要一个尽情倾吐的机会。活的时候得不着，临死，只要一口气不曾断，还非得招承。眼珠已经褪了光，发音都不得清楚，他一样非得忏悔。非得到永别生的时候人才有胆量，才没有顾忌。每一个灵魂里都安着一点谎。谎能进天堂吗？你不是也对那穿黑长袍胸前挂金十字的老先生说了你要说的话才安心到这石块底下躺着不是，贝克生姑娘？我还不死哪。但这静定的夜景是多大一个引诱！我觉得我的身子已经死了，就只一点子灵性在一个梦世界的浪花里浮萍似的飘着。空灵，安逸。梦世界是没有墙围的。没有涯涘的。你得宽恕我的无状，在黑夜里踞坐在你的寝次，姑娘。但我已然感到一种超凡的宁静，一种解放，一种莹澈的自由。这也许是你的灵感——你与雪地上的月影。

我不能承受你的智慧，但你却不能吝惜你的容忍。我不是你的谁，不是你的朋友，不是你的相知，但你不能不认识我现在向你诉说的忧愁，你——廉枫的手在石板的一头触到了冻僵的一束什么。一把萎谢了的花——玫瑰。有三朵，叫雪给腌僵了。他亲了亲花瓣上的冻雪。我羡慕你在人间还有未断的恩情，姑娘，但这也是个累赘，说到彻底的话。这三朵香艳的花放上你的头边——他或是你的亲属或是你的知己——你不能不生感动不是？我也曾经亲自到山谷里去采集野香去安放在我的她的头边。我的热泪滴上冰冷的石块时，我不能怀疑她在泥土里或在星天外也含着悲酸在体念我的情意。但她是远在天的又一方，我今晚只能借景来抒解我的苦辛。

人生是辛苦的。最辛苦是那些在黑茫茫的天地间寻求光热的生灵。可怜的秋蛾，它永远不能忘情于火焰。在泥草间化生，在黑暗里飞行，抖擞着翅羽上的金粉——它的愿望是在万万里外的一颗星。那是我。见着光就感到激奋，见着光就顾不得粉脆的躯体，见着光就满身充满着悲惨的神异，殉献的奇丽——到火焰的底里去实现生命的意义。那是我。天让我望见那一光！那一个灵异的时间！“也就一半句话，甘露活了枯芽。”我的生命顿时豁裂成一朵奇异的愿望的花。“生命是悠久的。”但花开只是朝露与晚霞间的一段插话。殷勤是夕阳的顾盼，为花事的荣悴关心。可怜这心头的一撮土，更有谁来凭吊？“你的烦恼我全知道，虽则你从不曾向我说破，你的忧愁我全明白，为你我也时常难受。”清丽的晨风，吹醒了大地的荣华！“你耐着吧，美不过这半绽的蓓蕾。”“我去了，你不必悲伤，珍重这一卷诗心，光彩常留在星月间。”她去了！光彩常在星月间。

陌生的朋友，你不嫌我话说得晦塞吧，我想你懂得。你一定懂。月光染白了我的发丝，这枯槁的形容正配与墓墟中人做伴，它也仿佛为我照出你长眠的宁静……那不是我那她的眉目？迷离的月影，你何妨为我认真来刻画个灵通？她的眉目，我如何能遗忘你那永诀时的神情！竟许就那一度，在生死的边沿，你容许我怀抱你那生命的本真，在生死的边沿，你容许我亲吻你那性灵的奥隐，在生死的边沿，你容许我餔啜你那妙眼的神辉。那眼，那眼！爱的纯粹的精灵迸裂在神异的刹那间！你去了，但你是永远留着。从你的死，我才初次会悟到生，会悟到生死间一种幽玄的丝缕。世界是黑暗的，但我却永久存储着你的不死的灵光。

廉枫抬头望着月。月也望着他。青空添深了沉默。城墙外仿佛有一声鸦啼，像是裂帛，像是鬼啸。墙边一枝树上抛下了一捧雪，亮得耀眼。这还是人间吗？她为什么不来，像那年在山中的一夜？

我送别她归去，与她在此分离，

在青草里飘拂，她的洁白的裙衣。

诡异的人生！什么古怪的梦！希望，在你擎上手掌估计分量时，已经从你的手指间消失，像是发珠光的青汞。什么都得变成灰，飞散，飞散，飞散……我不能不羡慕你的安逸，缄默的墓中人！我心头还有火在烧，我怀着我的宝，永没有人能探得我的痛苦的根源，永没有人知晓，到哪天我也得瞑目时，我把我的宝交还给上帝：除了他更有谁能赐予，能承受这生命的生命？我是幸福的！你不羡慕我吗，朋友？

我是幸福的，因为我爱，因为我有爱。多伟大，多充实的一个字！提着它胸胁间就透着热，放着光，滋生着力量。多谢你的同情的倾听，长眠的友，这光阴在我是稀有的奢华。这又是北京的清静的一隅。在凉月下，在荒城边，在银霜满树时。但北京——廉枫眼前又扯亮着那狞恶的前门。像一个脑袋，像一个骷髅。丧事人家的鼓乐。北海的芦苇。荣叶能不死吗？在晚照的金黄中，有孤鹜在冰面上飞。消沉，消沉。更有谁眷念西山的紫气？她是死了——一堆灰。北京也快死了——准备一个钵盂，到枯木林中去安排它的丧事。有什么可说的？再会吧，朋友，还有什么可说的？

他正想站起身走，一回头见进门那路上仿佛又来了一个人影。肥黑的一团在雪地上移着，迟迟地移着，向着他的一边来。有树拦着，认不真是什么。是人吗？怪了，这是谁？在这大凉夜还有与我同志的吗？为什么不，就许你吗？可真是有些怪，它又不动了，那黑影子绞和着一棵树影，像一个大包袱。不能是鬼吧。为什么发噤，怕什么的？是人，许是又一个伤心人，是鬼，也说不定它也别有怀抱。竟许是个女子，谁知道！在凉月下，在荒冢间，在银霜满地时。它伛偻着身子哪，像是捡什么东西。不能是个化子——化子化不到墓园里来。唷，它转过来了！

它过来了，那一团的黑影。走近了。站定了，他也望着坐在坟墩上的那个发愣哪。是人，还是鬼，这月光下的一堆？他也在想。“谁？”粗糙的、沉浊的口音。廉枫站起了身，哈着一双冻手。“是我，你是谁？”他是一个矮老头儿，屈着肩背，手插在他的一件破旧制服的破袋里。“我是这儿看门的。”他也走到了月光下。活像《哈姆雷德》里一个掘坟的，廉枫觉得有趣，比一个妙年女子，不论是鬼是人，都更有趣。“先生，你什么时候进来了？我哼是睡着了，那门没有关严吗？”“我进来半天了。”“不凉吗，您坐在这石头上？”“就你一个人看着门的？”“除了我这样的苦小老儿，谁肯来当这苦差？”“你来有几年了？”“我怎么知道有几年了！反正老佛爷没有死，我早就来了。这该有不少年份了吧，先生？我是一个在旗吃粮的，您不看我的衣服？”“这儿常有人来不？”“倒是有。除了洋人拿花来上坟的，还有学生也有来的，多半是一男一女的。天凉了就少有来的了。你不也是学生吗？”他斜着一双老眼打量廉枫的衣服。“你一个人看着这么多的洋鬼不害怕吗？”老头他乐了。这话问得多幼稚，准是个学生，年纪不大。“害怕？人老了，人穷了，还怕什么的！再说我这还不是靠鬼吃一口饭吗？靠鬼，先生！”“你有家不，老头！”“早就死完了。死干净了。”“你自己怕死不，老头儿？”老头儿又乐了。“先生，您又来了！人穷了，人老了，还怕死吗？你们年轻人爱玩儿，爱乐，活着有意思，咱们哪说得上？”他在口袋里掏出一块黑绢子擤着他的冻鼻子。这声音听大了。城圈里又有回音，这来坟场上倒添了不少生气。那边树上有几只老鸦也给惊醒了，亮着他们半冻的翅膀。“老头，你想是生长在北京的吧？”“一辈子就没有离开过。”“那你爱不爱北京？”老头简直想咧个大嘴笑。这学生问的话多可乐！爱不爱北京？人穷了，人老了，有什么爱不爱的？“我说给您听听吧。”他有话说。

“就在这儿东城根，多的是穷人、苦人。推土车的，推水车的，住闲的，残废的。全跟我一模一样的，生长在这城圈子里，一辈子没有离开过。一年就比一年苦，大米一年比一年贵。土堆里煤渣多捡不着多少。谁生得起火？有几顿吃得饱的？夏天还可对付，冬天可不能含糊。冻了更饿，饿了更冻。又不能吃土。就这几天天下大雪，好，狗都瘪了不少！”老头又擤了擤鼻子。“听说有钱的人都搬走了，往南，往东南，发财的，升官的，全去了。穷人苦人哪走得了？有钱人走了他们更苦了，一口冷饭都讨不着。北京就像个死城，没有气了，您知道！哪年也没有本年的冷清。您听听，什么声音都没有，狗都不叫了！前儿个我还见着一家子夫妻俩带着三个孩子饿急了，又不能做贼，就商量商量借把刀子破肚子见阎王爷去。可怜着哪！那男的一刀子捅了他媳妇的肚子，肠子漏了，血直冒，算完了一个，等他抹回头拿刀子对自个儿的肚子撩，您说怎么了，那女的眼还睁着没有死透，眼看着她丈夫拿刀扎自己，一急就拼着她那血身体向刀口直推，您说怎么了，她那手正冲着刀锋，快着哪，一只手，四根手指，就让白萝卜似的给劈了下来，脆着哪！那男的一看这神儿，一心痛就痛偏了心，掷了刀回身就往外跑，满口疯嚷嚷地喊救命，这一跑谁知他往哪儿去了，昨儿个盔甲厂派出所的巡警说起这件事都撑不住淌眼泪哪。同是人不是，人总是一条心，这苦年头谁受得了？苦人倒是爱面子，又不能偷人家的。真急了就吊，不吊就往水里淹，大雪天河沟冻了淹不了，就借把刀子抹脖子拉肚肠根，是穷么，有什么说的？好，话说回来了，您问我爱不爱北京。人穷了，人苦了，还有什么路走？爱什么！活不了，就得爱死！我不说北京就像个死城吗？我说它简直死定了！我还掏了二十个大子给那一家三小子买窝窝头吃。才可怜哪！好，爱不爱北京？北京就是这死定了，先生！还有什么说的？”

廉枫出了坟园低着头走，在月光下走了三四条老长的胡同才雇到一辆车。车往西北正顶着刀尖似的凉风。他裹紧了大衣，烤着自己的呼吸，心里什么念头都给冻僵了。

有时他睁眼望望一街阴惨的街灯，又看着那上年纪的车夫在滑溜的雪道上顶着风一步一步地挨，他几回都想叫他停下来自己下去让他坐上车拉他，但总是说不出口。半圆的月在雪道上亮着它的银光。夜深了。

浓得化不开（新加坡）

大雨点打上芭蕉有铜盘的声音，怪。“红心蕉”，多美的字面。红得浓得好。要红，要热，要烈，就得浓，浓得化不开，树胶似的才有意思，“我的心像芭蕉的心，红……”不成！“紧紧地卷着,我的红浓的芭蕉的心……”更不成。趁早别再诌什么诗了。自然的变化，只要你有眼，随时随地都是绝妙的诗。完全天生的。白做就不成。看这骤雨，这万千雨点奔腾的气势，这迷蒙，这渲染，看这一小方草地生受这暴雨的侵凌，鞭打，针刺，脚踹，可怜的小草，无辜的……可是慢着，你说小草要是会说话，它们会嚷痛，会叫冤不？难说它们就爱这门儿——出其不意的，使蛮劲的，太急一些，当然，可这正见情热，谁说这外表的凶狠不是变相的爱。有人就爱这急劲儿！

再说小草儿吃亏了没有，让急雨狼虎似的胡亲了这一阵子？别说了，它们这才真漏着喜色哪，绿得发亮，绿得生油，绿得放光。它们这才乐哪！

呒一首淫诗。蕉心红得浓，绿草绿成油。本来么，自然就是淫，它那从来不知厌满的创化欲的表现还不是淫：淫，甚也。不说别的，这雨后的泥草间就是万千小生物的胎宫，蚊虫、甲虫、长脚虫、青跳虫，慕光明的小生灵，人类的大敌。热带的自然更显得浓厚，更显得猖狂，更显得淫，夜晚的星都显得玲珑些，像要向你说话半开的妙口似的。

可是这一个人耽在旅舍里看雨，够多凄凉。上街不知向哪儿转，一只熟脸都看不见，话都说不通，天又快黑，胡湿的地，你上哪儿去？得。"有孤王……"一个小声音从廉枫的嗓子里自己唱了出来。"坐至在梅……"怎么了！哼起京调来了？一想着单身就转着梅龙镇，再转就该是李凤姐了吧，哼！好，从高超的诗思堕落到腐败的戏腔！可是京戏也不一定是腐败，何必一定得跟着现代人学势？正德皇帝在梅龙镇上，林廉枫在星家坡。他有凤姐，我——惭愧没有。廉枫的眼前晃着舞台上凤姐的倩影，曳着围巾，托着盘,踩着跷。“自幼儿”……去你的！可是这闷是真的。雨后的天黑得更快，黑影一幕幕地直盖下来，麻雀儿都回家了。干什么好呢？有什么可干的？这叫作孤单的况味。这叫作闷。怪不得唐明皇在斜谷口听着栈道中的雨声难过，良心发现，想着玉环……我负了卿，负了卿……转自忆荒茔——呸，又是戏！又不是戏迷，左哼右哼哼什么的！出门吧。

廉枫跳上了一架厂车，也不向那戴回子帽的马来人开口，就用手比了一个丢圈子的手势。那马来人完全了解，脑袋微微地一侧，车就开了。焦桃片似的店房，黑芝麻长条饼似的街，野兽似的汽车，磕头虫似的人力车，长人似的树，矮树似的人。廉枫在急掣的车上快镜似的收着模糊的影片，同时顶头风刮得他本来梳整齐的分边的头发直向后冲，有几根沾着他的眼皮痒痒的舐，掠上了又下来，怪难受的。这风可真凉爽，皮肤上，毛孔里，哪儿都受用，像是在最温柔的水波里游泳，做鱼的快乐。气流似乎是密一点，显得沉。一只疏荡的胳膊压在你的心窝上……确是有肉糜的气息，浓得化不开。快，快，芭蕉的巨灵掌，椰子树的旗头，橡皮树的白鼓眼，棕榈树的毛大腿，合欢树的红花痢，无花果树的要饭腔，蹲着脖子，弯着臂膊……快，快，马来人的花棚，中国人家的鬈灯，西洋人家的牛奶瓶，一脸的黑花，活像一只煨灶的猫……

车忽然停住在那有名的潴水潭的时候，廉枫快活的心轮转得比车轮更显得快，这一顿才把他从幻想里锸了回来。这时候旅困是完全叫风给刮散了。风也刮散了天空的云，大狗星张着大眼霸占着东半天，猎夫只看见两只腿，天马也只露半身，吐鲁士牛大哥只翘着一支小尾。咦，居然有湖心亭。这是谁的主意？红毛人都雅化了，唉。不坏，黄昏未死的紫曛，湖边丛林的倒影，林树间艳艳的红灯，瘦伶伶的窄堤桥连通着湖亭。水面上若无若有的涟漪，天顶几颗疏散的星。真不坏。但他走上堤桥不到半路就发现那亭子里一齿齿的把柄，原来这是为安量水表的，可这也将就，反正轮廓是一座湖亭，平湖秋月……呒，有人在哪！这回他发现的是靠亭栏的一双人影，本来是糊成一饼的，他一走近打搅了他们。“道歉，有扰清兴，但我还不只是一朵游云，虑俺作甚。”廉枫默诵着他戏白的念头，粗粗望了望湖，转身走了回去。“苟……”他坐上车起首想，但他记起了烟卷，忙着在风尖上划火。下文如其有，也在他第一喷龙卷烟里没了。

廉枫回进旅店门仿佛又投进了昏沉的圈套，一阵热，一阵烦，又压上了他在晚凉中疏爽了来的心胸。他正想叹一口安命的气走上楼去，他忽然感到一股彩流的袭击从右首窗边的桌座上飞骠了过来。一种巧妙的敏锐的刺激，一种浓艳的警告，一种不是没有美感的迷惑。只有在巴黎晦盲的市街上走进新派的画店时，仿佛感到过相类的惊瞿。一张佛拉明果的野景，一幅玛提斯的窗景，或是佛朗次马克的一方人头马面。或是马克夏高尔的一个卖菜老头。可这是怎么了，那窗边又没有挂什么未来派的画，廉枫最初感觉到的是一球大红，像是火焰，其次是一片乌黑，墨晶似的浓，可又花须似的轻柔，再次是一流蜜，金漾漾的一泻，再次是朱古律（Chocolate），饱和着奶油最可口的朱古律。这些色感因为浓初来显得凌乱，但瞬息间线条和轮廓的辨认笼住了色彩的蓬勃的波流。廉枫幽幽地喘了一口气。“一个黑女人，什么了！”可是多妖艳的一个黑女，这打扮真是绝了，艺术的手腕神化了天生的材料，好！乌黑的惺忪的是她的发，红的是一边鬓角上的插花，蜜色是她的灵巧的挂肩，朱古律是姑娘的肌肤的鲜艳，得儿朗打打，得儿铃丁丁……廉枫停步在楼梯边的欣赏不期然地流成了新韵。

“还漏了一点小小的却也不可少的点缀，她一只手腕上还戴着一小只金环哪。”廉枫上楼进了房还是尽转着这绝妙的诗题——色香味俱全的奶油朱古律，耐宿儿老牌，两个便士一厚块，拿铜子往轧缝里放，一，二，再拉那铁环，喂，一块印金字红纸包的耐宿儿奶油朱古律。可口！最早黑人上画的怕是孟内那张奥林比亚吧，有心机的画家，廉枫躺在床上在脑筋里翻着近代的画史。有心机有胆识的画家，他不但敢用黑，而且敢用黑来衬托黑，唉，那斜躺着的奥林比亚不是鬓上也插着一朵花吗？底下的那位很有点像奥林比亚的抄本，就是白的变黑了。但最早对朱古律的肉色表示敬意的可还得让还高根，对了，就是那味儿，浓得化不开，他为人间，发现了朱古律皮肉的色香味，他那本 Noa，Noa 是二十世纪的“新生命”——到半开化、全野蛮的风土间去发现文化的本真，开辟文艺的新感觉……

但底下那位朱古律姑娘倒是做什么的？做什么的，傻子！她是一个人道主义者，一筏普济的慈航，她是赈灾的特派员，她是来慰藉旅人的幽独的。可惜不曾看清她的眉目，望去只觉得浓，浓得化不开，谁知道她眉清还是目秀。眉清目秀！思想落后！唯美派的新字典上没有这类腐败的字眼。且不管她眉目，她那姿态确是动人，怯怜怜的，简直是秀丽，衣服也剪裁得好，一头蓬松的乌霞就耐人寻味。“好花儿出至在僻岛上！”廉枫闭着眼又哼上了……

“谁”，窸窣的门响将他从床上惊跳了起来，门慢慢地自己开着，廉枫的眼前一亮，红的！一朵花！是她！进来了，这怎么好！镇定，傻子，这怕什么。

她果然进来了，红的、蜜的、乌的、金的、朱古律、耐宿儿、奶油全进来了。你不许我进来吗？朱古律笑口地低声地唱着,反手关上了门。这回眉目认得清楚了。清秀，秀丽，韶丽，不成，实在得另翻一本字典，可是“妖艳”，总合得上。廉枫迷糊的脑筋里挂上了“妖”“艳”两个大字。朱古律姑娘也不等请，已经自己坐上了廉枫的床沿。你倒像是怕我似的，我又不是马来半岛上的老虎！朱古律的浓重的色、浓重的香团团围裹住了半心跳的旅客。浓得化不开！李凤姐，李凤姐，这不是你要的好花儿自己来了！笼着金环的一只手腕放上了他的身，紫姜的一只小手把住了他的手。廉枫从没有知道他自己的手有那样的白。“等你家哥哥回来”……廉枫觉得他自己变了骡雨下的小草，不知道是好过，也不知道是难受。湖心亭上那一饼子黑影。大自然的创化欲。你不爱我吗？朱古律的声音也动人——脆，幽，媚。一只青蛙跳进了池潭，扑崔！猎夫该从林子里跑出来了吧？你不爱我吗？我知道你爱，方才你在楼梯边看我我就知道，对不对亲孩子？紫姜辣上了他的面庞，救驾！快辣上他的口唇了。可怜的孩子，一个人住着也不嫌冷清，你瞧，这胖胖的荷兰老婆①都让你抱瘪了，你不害臊吗？廉枫一看果然那荷兰老婆让他给挤扁了，他不由得觉得脸上有些发烧。我来做你的老婆好不好？朱古律的乌云都盖下来了。“有孤王……”使不得。朱古律，盖苏文，青面獠牙的……“干米一家的姑母。”血盆的大口，高耸的颧骨，狼嗥的笑响……鞭打，针刺，脚踢——喜色，呸，见鬼！唷，闷死了，不好，茶房！

廉枫想叫可是嚷不出，身上油油的觉得全是汗。醒了

① 荷兰老婆（Dutch wife），南洋人用的长枕，“竹夫人”一类的。

醒了，可了不得，这心跳得多厉害。荷兰老婆活该遭劫，夹成了一个破烂的葫芦。廉枫觉得口里直发腻，紫姜，朱古律，也不知是什么。浓得化不开。

十七年一月

轮　盘

好冷！倪三小姐从暖屋里出来站在廊前等车的时候觉着风来得尖厉。她一手揪着皮领护着脸，脚在地上微微地点着。“有几点了，阿姚？”三点都过了。

三点都过了，三点……这念头在她的心上盘着，有一粒白丸在那里运命似的跳。就不会跳进二十三的，偏来三十五，差那么一点，我还当是二十三哪。要有一只鬼手拿它一拨，叫那小丸子乖乖地坐上二十三，那分别多大！我本来是想要三十五的，也不知怎么的当时心里那么一迷糊——又给下错了。这车里怎么老是透风，阿姚？阿姚很愿意为主人替风或是替车道歉，他知道主人又是不顺手，但他正忙着大拐弯，马路太滑，红绿灯光又耀着眼，那不能不留意，这一岔就把答话的时机给岔过了。实在他的思想也不显简单，他正有不少的话想对小姐说，谁家的当差不为主人打算，况且听昨晚阿宝的话这事情正不是玩儿——好，房契都抵了，钻戒、钻镯，连那串精圆的珍珠项圈都给换了红片儿、白片儿，整数零数的全望庄上送！打不倒吃不厌的庄！

三小姐觉得冷。是哪儿透风，哪天也没有今天冷。最觉得异样，最觉得空虚，最觉得冷是在颈根和前胸那一圈。精圆的珍珠——谁家都比不上的那一串，戴了整整一年多，有时上床都不舍得摘了放回匣子去，叫那脸上刮着刀疤那丑洋鬼端在一双黑毛手里左轮右轮地看，生怕是吃了假的上当似的，还非得让我签字，才给换了那一摊圆片子，要不了一半点钟那些片子还不是白鸽似的又往回飞。我的脖子上、胸前，可是没了，跑了，化了，冷了，眼看那黑毛手抢了我的心爱的宝贝去，这冤……三小姐心窝里觉着一块冰凉，眼眶里热辣辣的，不由得拿手绢给掩住了。“三儿，东西总是的，你看了也舍不得放手不是？可是娘给你放着不更好，这年头又不能常戴，一来太耀眼，二来你老是那拉拖的脾气改不过来，说不定你一不小心那怎么好？”老太太咳嗽了一声。“还是让娘给你放着吧，反正东西总是你的。”三小姐心都裂缝儿了。娘说话不到一年就死了，我还说我天天贴胸戴着表示纪念她老人家的意思，谁知不到半年……

车到了家了。三小姐上了楼，进了房，开亮了大灯，拿皮大衣向沙发上一扔，也不答阿宝赔着笑问她输赢的话，站定在衣柜的玻镜前对着自己的映影呆住了。这算个什么相儿？这还能是我吗？两脸红得冒得出火，颧骨亮得像透明的琥珀，一鼻子的油，口唇叫烟卷烧得透紫，像煨白薯的焦皮，一对眼更看得怕人，像是有一个恶鬼躲在里面似的。三小姐一手掠着额前的散发，一手扶着柜子，觉得头脑里一阵地昏，眼前一黑，差一点不曾叫脑壳子正对着镜里的那个碰一个脆。你累了吧，小姐？阿宝站在窗口叠着大衣说的话，她听来像是隔两间屋子或是一层雾叫过来似的，但这却帮助她定了定神，重复睁大了眼对着镜子里痴痴地望。这还能是我——是倪秋雁吗？鬼附上了身也不能有这相儿！但这时候她眼内的凶光——那是整六个钟头轮盘和压码条格的煎迫的余威——已然渐渐移让给另一种意态：一种疲倦，一种呆顿，一种空虚。她忽然想起马路中的红灯照着道旁的树干使她记起不少早已遗忘了的片段的梦境——但她疲倦是真的。她觉得她早已睡着了。她是绝无知觉的一堆灰，一排木料，在清晨树梢上浮挂着的一团烟雾。她做过一个极幽深的梦，这梦使得她因为过分兴奋而陷入一种最沉酣的睡。她决不能是醒着。她的珍珠当然是好好地在首饰匣子里放着。“我替你放着不更好，三儿？”娘的话没有一句不充满着怜爱，个个字都听得甜。那小白丸子真可恶，它为什么不跳进二十三？三小姐扶着柜子那只手的手指摸着了玻璃，极纤微的一点凉感从指尖上直透到心口，这使她形影相对的那两双眼内顿时剥去了一翳梦意。小姐，喝口茶吧，你真是累了，该睡了，有多少天你没有睡好，睡不好最伤神，先喝口茶吧。她从阿宝的手里接过了一片殷勤，热茶沾上口唇才觉得口渴得津液都干了。但她还是梦梦的不能相信这不是梦。我何至于堕落到如此——我倪秋雁？你不是倪秋雁吗？她责问着镜里的秋雁。那一个的手里也擎着一个金边蓝花的茶杯，口边描着惨淡的苦笑。荒唐也不能到这个田地。为着赌几于拿身子给鬼似的男子——“你抽一口的好，赌钱就赌一个精神，你看你眼里的红丝，闹病了哪犯得着？”小俞最会说那一套体己话，细着一双有黑圈的眼瞅着你，不提有多么关切，他就会那一套！那天他对老五也是说一样的话！他还得用手来搀着你非得你养息他才安心似的。呸，男人，哪有什么好心眼的？老五早就上了他的当。哼，也不是上当，还不是老五自己说的，“进了三十六，谁还管得了美，管得了丑？”“过一天是一天，”她又说，“堵死你的心，别让它有机会想，要想就活该你受！”那天我摘下我胸前那串珠子递给那脸上刻着刀疤的黑毛鬼，老五还带着笑——她那笑！——赶过来拍着我的肩膀说：“好，这才够一个豪字！要赌就得拼一个精光。有什么可恋的？上不了梁山，咱们就落太湖！你就输在你的良心上，老三。”老五说话一上劲，眼里就放出一股邪光，我看了真害怕。“你非得拿你小姐的身份，一点也不肯凑合。说实话，你来得三十六门，就由不得你拿什么身份。”人真会变：五年前，就是三年前的老五，哪有一点子俗气，说话举止，满是够斯文的。谁想她在上海混不到几年，就会变成这鬼相，这妖气。她也满不在意，成天发疯似的混着，倒像真是一个快活人！我初次跟着她跑，心上总有些低哆，话听不惯，样儿看不惯，可是现在……老三与老五能有多大分别？我的行为还不是她的行为？我有时还觉得她爽荡得有趣，倒恨我自己老是免不了腼腼腆腆的，早晚躲不了一个“良心”，老五说的。可还是的，你自己还不够变的，你看看你自己的眼看，说人家鬼相、妖气，你自己呢？原先的我，在母亲身边的孩子，在学校时代的倪秋雁，多美多响亮的一个名字，现在哪还有一点点的影子？这变，喔，鬼——三小姐打了一个寒噤。地狱怕是没有底的，我这一往下沉，沉，沉，我哪天再能向上爬？她觉得身子飘飘的，心也飘飘的，直往下坠——一个无底的深潭，一个魔鬼的大口。“三儿，你什么都好，”老太太又说话了，“你什么都好，就差拿不稳主意。你非得有人管，领着你向上。可是你总得自己留意，娘又不能老看着你，你又是那傲气，谁你都不服，真叫我不放心。”娘在病中喘着气还说这话。现在娘能放心不？想起真可恨！小俞、小张、老五、老八，全不是东西！可是我自己又何尝有主意，有了主意，有一点子主意，就不会有今天的狼狈。真气人！镜里的秋雁现出无限的愤慨，恨不得把手里的茶杯掷一个粉碎，表示和丑恶的引诱绝交。但她又呷了一口。这是虹口买来的真铁观音？明儿再买一点去，味儿真浓真香。说起，小姐，厨子说了好几次要领钱哪，他说他自己的钱都垫完了。镜里的眉梢又深深地皱上了。唷——她忽然记起了——那小黄呢，阿宝？小黄在笼子里睡着了。毛抖得松松的，小脑袋挨着小翅膀底下窝着。它今天叫了没有？我真是昏，准有十几天不自己喂它了，可怜的小黄！小黄也真知趣，仿佛装着睡成心逗它主人似的，他们正说着话它醒了，刷着它的翅膀，吱的一声跳上了笼丝，又纵过去低头到小瓷罐里捡了一口凉水，歪着一只小眼呆呆地直瞅着它的主人。也不知是为主人记起了它乐了，还是不知是见了大灯亮当是天光它简直地放开嗓子整套地唱上了。

它这一唱就没有个完。它卖弄着它所有擅长的好腔。唱完了一支，忙着抢一口面包屑，啄一口水，再来一支，又来一支，直唱得一屋子满是它的音乐，又亮，又艳，一团快乐的迸裂，一腔情热的横流，一个诗魂的奔放。倪秋雁听呆了，镜里的秋雁也听呆了，阿宝听呆了，一屋子的家具，壁上的画，全听呆了。

三小姐对着小黄的小嗓子呆呆地看着。多精致的一张嘴，多灵巧的一个小脖子，多淘气的一双小脚，拳拳地抓住笼里那根横条，多美的一身羽毛，黄得放光，像是金丝给编的。稀小的一个鸟会有这么多的灵性？三小姐直怕它那小嗓子受不住狂唱的汹涌，你看它那小喉管的急迫的颤动，简直是一颗颗的珍珠往外接连着吐，梗住了怎么好？它不会炸吧！阿宝的口张得宽宽的，手扶着窗栏，眼里亮着水。什么都消灭了，除了这头小鸟的歌唱。但在它的歌唱中却展开了一个新的世界。在这世界里一切都沾上了异样的音乐的光。

三小姐的心头展开了一个新的光亮的世界。仿佛是在一座凌空的虹桥下站着，光彩花雨似的错落在她的衣袖间、鬓发上。她一展手，光在她的胸怀，她一张口，一球晶亮的光滑下了她的咽喉。火热的，在她的心窝里烧着。热匀匀地散布给她的肢体，美极了的一种快感。她觉得身子轻盈得像一只蝴蝶，一阵不可制止的欣快蓦地推逗着她腾空去飞舞。

虹桥上洒下了一个声音，艳阳似的正款着她的黄金的粉翅。多熟多甜的一个声音！唷是娘呀，你在哪儿了？娘在廊前坐在她那湘妃竹的椅子上做着针线，戴着一个玳瑁眼镜。我快活极了，娘，我要飞，飞到云端里去。从云端里望下来，娘，咱们这院子怕还没有爹爹书台上那方砚台那么？还有娘呢，你坐在这儿做针线，那就够一个猫那么大——哈哈，娘就像是偎太阳的小阿米！那小阿米还看得见吗？它顶多也不过一颗芝麻大，哈哈，小阿米、小芝麻。疯孩子！老太太笑着对不知门口站着的一个谁说话。这孩子疯得像什么了，成天跳跳唱唱的？你今天起来做了事没有？我有什么事做，娘？她呆呆地侧着一只小圆脸。唉，怎么好，又忘了，就知道玩！你不是自己讨差使每天院子里浇花，爹给你那个青玉花浇做什么的？要什么不给你就呆着一张脸扁着一张嘴要哭，给了你又不肯做事，你看那盆西番莲干得都快对你哭了。娘别骂，我就去！四个粉嫩的小手指鹰爪似的抓住了花浇的镂空的把手，一个小拇指跷着，她兴匆匆地从后院舀了水跑下院子去。“小心点儿，花没有浇，先浇了自己的衣服。”樱红色大朵的西番莲已经沾到了小姑娘的恩情，精圆的水珠极轻快地从这花瓣跳荡那花瓣，全沉入了盆里的泥。娘！她高声叫。娘，我要喝凉茶娘老不让，说喝了凉的要肚子疼，这花就能喝凉水吗？花要是肚子疼了怎么好？她鼓着她的小嘴唇问。花又不会嚷嚷。“傻孩子算你能干，会说话。”娘乐了。

每回她一使她的小机灵娘就乐。“傻孩子，算你会说话。”娘总说。这孩子实在是透老实的，在座有姑妈或是姨妈或是别的客人娘就说，你别看她说话机灵，我总愁她没有主意，小时候有我看着，将来大了怎么好？可是谁也没有娘那样疼她。过来，三，你不冷吧？她最爱靠在娘的身上，有时娘还握着她的小手，替她拉齐她的衣襟，或是拿手帕替她擦去脸上的土。一个女孩子总得干干净净的，娘常说。谁的声音也没有娘的好听。谁的手也没有娘的软。

这不是娘的手吗？她已经坐在一张软凳上，一手托着脸，一手捻着身上的海青丝绒的衣角。阿宝记起了楼下的事已经轻轻地出了房去。小黄唱完了它的大套，还在那里发疑问似的零星地吱喳“咦。”“咦。”“接理。”她听来是娘在叫她：“三。”“小三。”“秋雁。”她同时也望见了壁上挂着的那只芙蓉，只是她见着的另是一只芙蓉，在她回忆的繁花树上翘尾豁翅的跳踉着。“三。”又是娘的声音，她自己在病床上躺着。“三。”娘在门口说，“你猜爹给你买回什么来了？”“你看！”娘已经走到床前，手提着一个精致的鸟笼，里面待着一只黄毛的小鸟。“小三简直是迷了，”隔一天她听娘对爹说，“病都忘了有了这头鸟。这鸟是她的性命。非得自己喂。鸟一开口唱她就发愣，你没有见她那样儿，成仙也没有她那样快活，鸟一唱谁都不许说话，都得陪着她静心听。”“这孩子是有点儿慧根。”爹就说。爹常说三儿有慧根。“什么叫慧根，我不懂。”她不止一回问。爹就拉着她的小手说：“爹在恭维你哪，说你比别的孩子聪明。”真的她自己也说不上，为什么鸟一唱她就觉得快活，心头热火火的不知怎么才好；可又像是难受，心头有时酸酸的眼里直流泪。她恨不得把小鸟窝在她的胸前，用口去亲它。她爱极了它。“再唱一支吧，小鸟，我再给你吃。”她常常央着它。

可是阿宝又进房来了，“小姐，想什么了？”她笑着说，“天不早，上床睡不好吗？”

秋雁站了起来。她从她的微妙的深沉的梦境里站了起来，手按上眼觉得潮潮的沾手。她深深地呼了一口气。“二十三，二十三，为什么偏不二十三？”一个愤怒的声音在她一边耳朵里响着。小俞那有黑圈的一双眼，老五的笑，那黑毛鬼脸上的刀疤，那小白丸子，运命似跳着的，又一瞥瞥地在她眼前扯过。“怎么了？”她摇了摇头，还是没有完全清醒。但她已经让阿宝扶着她，帮着她脱了衣服上床睡下。“小姐，你明天怎么也不能出门了。你累极了，非得好好地养几天。”阿宝看了小姐恍惚的样子心里也明白，着实替她难受。“唷阿宝，”她又从被里坐起身说，“你把我首饰匣子里老太太给我那串珠项圈拿给我看看。”

十八年二月三日完

浓得化不开之二（香港）

廉枫到了香港，他见的九龙是几条盘错的运货车的浅轨，似乎有头，有尾，有中段，也似乎有隐现的爪牙，甚至在火车头穿度那栅门时似乎有迷漫的云气。中原的念头，虽则有广九车站上高标的大钟的暗示，当然是不能在九龙的云气中幸存。这在事实上也省了许多无谓的感慨。因此眼看着对岸，屋宇像樱花似盛开着的一座山头，如同对着希望的化身，竟然欣欣地上了渡船。从妖龙的脊背上过渡到希望的化身去。

富庶，真富庶，从街角上的水果摊看到中环乃至上环大街的珠宝店，从悬挂得如同 Banyan① 一般繁衍的腊食及

① Banyan，榕树。

海味铺看到穿着定阔花边艳色新装走街的粤女，从石子街的花市看到饭店门口陈列着“时鲜”的花狸金钱豹以及在浑水盂内蜷卧着的海狗鱼，唯一的印象是一个不容分析的印象：浓密，琳琅。琳琅，琳琅，廉枫似乎听得到钟磬相击的声响。富庶，真富庶。

但看香港，至少玩香港少不了坐吊盘车上山去一趟。这吊着上去是有些好玩。海面、海港、海边，都在轴辘声中继续地往下沉。对岸的山，龙蛇似盘旋着的山脉，也往下沉。但单是直落地往下沉还不奇，妙的是一边你自身凭空地往上提，一边绿的一角海，灰的一陇山，白的方的房屋，高直的树，都怪相的一头吊了起来，结果是像一幅画斜提着看似的。同时这边的山头从平放的馒头变成侧竖的，山腰里的屋子从横刺里倾斜了去，相近的树木也跟着平行的来。怪极了。原来一个人从来不想到他自己的地位也有不端正的时候，你坐在吊盘车里只觉得眼前的事物都发了疯，倒竖了起来。

但吊盘车的车里也有可注意的。一个女性在廉枫的前几行椅座上坐着。她满不管车外拿大顶的世界，她有她的世界。她坐着，屈着一只腿，脑袋有时枕着椅背，眼向着车顶望，一个手指含在唇齿间。这不由人不注意。她是一个少妇与少女间的年轻女子。这不由人不注意，虽则车外的世界都在那里倒竖着玩。

她在前面走。上山。左转弯，右转弯，宕一个山腰的弧线，她在前面走。沿着山堤，靠着岩壁，转入 Aloe[①] 丛中，绕着一所房舍，抄一折小径，拾几级石磴，她在前面走。如其山路的姿态是婀娜，她的也是的。灵活的山的腰身，灵活的女人的腰身。浓浓地折叠着，融融地松散着。肌肉的神奇！动的神奇！

廉枫心目中的山景，一幅幅地舒展着，有的山背海，有的山套山，有的浓荫，有的巉岩，但不论精粗，每幅的中点总是她，她的动，她的中段的摆动。但当她转入一个

---

① Aloe，芦荟。

比较深奥的山坳时廉枫猛然记起了 Tanhauser[1] 的幸运与命运——吃灵魂的薇纳丝[2]，一样的肥满。前面别是她的洞府，呒，危险，小心了！

她果然进了她的洞府，她居然也回头看来。她竟然似乎在回头时露着微哂的瓠犀。孩子，你敢吗？那洞府径直的石级，竟像直通上天。她进了洞了。但这时候路旁又发生一个新现象，惊醒了廉枫“邓浩然”的遐想。一个老婆子操着最破烂的粤音问他要钱。她不是花子，至少不是职业的，因为她现成有她体面的职业。她是一个劳工。她是一个挑砖瓦的。挑砖瓦上山因红毛人要造房子。新鲜的是她同时挑着不止一副重担，她的是局段的回复的运输。挑上一担，走上一节路，空身下来再挑一担上去，如此再下再上，再下再上。她不但有了年纪，她并且是个病人。她的喘是哮喘，不仅是登高的喘，她也咳嗽，她有时全身都

① TannhaHuser，通译汤豪泽，德国十二世纪诗人，后来成为民谣中的英雄人物。

② 薇纳丝，通译维纳斯，罗马神话中爱与美的女神。

咳嗽。但她可解释错了。她以为廉枫停步在路中是对她发生了哀怜的趣味，以为看上了她！她实在没有注意到这位年轻人的眼光曾经飞注到云端里的天梯上。她实想不到在这寂寞的山道上会有与她利益相冲突的现象。她当然不能使她失望。当得成全他的慈悲心。她向他伸直了她的一只焦枯得像贝壳似的手，口里呢喃着在她是最柔软的语调。但“她”已经进洞府了。

往更高处去。往顶峰的顶上去。头顶着天，脚踏着地尖，放眼到寥廓的天边，这次的凭眺不是寻常的凭眺。这不是香港，这简直是蓬莱仙岛。廉枫的全身，他的全人，他的全心神，都感到了酣醉，觉得震荡。宇宙的肉的神奇。动在静中，静在动中的神奇。在一刹那间，在他的眼内，在他的全生命的眼内，这当前的景象幻化成一个神灵的微笑，一折完美的歌调，一朵宇宙的琼花。一朵宇宙的琼花在时空不容分仳的仙掌上俄然地擎出了它全盘的灵异。山的起伏，海的起伏，光的起伏；山的颜色，水的颜色，光的颜色——形成了一种不可比况的空灵，一种不可比况的节奏，一种不可比况的谐和。一方宝石，一球纯晶，一颗珠，一个水泡。

但这只是一刹那，也许只许一刹那。在这刹那间廉枫觉得他的脉搏都止息了跳动。他化入了宇宙的脉搏。在这刹那间一切都融合了，一切都消纳了，一切都停止了它本体的现象的动作来参加这“刹那的神奇”的伟大的化生。在这刹那间他上山来心头累聚着的杂格的印象与思绪梦似的消失了踪影。倒挂的一角海，龙的爪牙，少妇的腰身，老妇人的手与乞讨的碎琐，薇纳丝的洞府，全没了。但转瞬间现象的世界重复回还。一层纱幕，适才睁眼纵览时顿然揭去的那一层纱幕，重复不容商榷地盖上了大地。在你也回复了各自的辨认的感觉。这景色是美，美极了的，但不再是方才那整个的灵异。另一种文法，另一种关键，另一种意义也许，但不再是那个。它的来与它的去，正如恋爱，正如信仰，不是意力可以支配、可以做主的。他这时候可以分别地赏识这一峰是一个秀挺的莲苞，那一屿像一只雄蹲的海豹，或是那湾海像一钩的眉月，他也能欣赏这幅天然画图的色彩与线条的配置，透视的匀整或是别的什么，但他见的只是一座山峰，一湾海，或是一幅画图。他尤其惊讶那波光的灵秀，有的是绿玉，有的是紫晶，有的是琥珀，有的是翡翠，这波光接连着山岚的晴霭，化成一种异样的珠光，扫荡着无际的晴空，但就这也是可以指点、可以比况给你身旁的友伴的一类诗意，也不再是初起那回事。这层遮隔的纱幕是盖定的了。

因此廉枫拾步下山时心胸的舒爽与恬适不是不和杂着，虽则是隐隐的，一些无名的惆怅。过山腰时他又飞眼望了望那“洞府”，也向路侧寻觅那挑砖瓦的老妇，她还是忙着搬运着她那搬运不完的重担，但她对他犹是对“她”，兴趣远不如上山时的那样馥郁了。他到半山的凉座地方坐下来休息时，他的思想几乎完全中止了活动。

家 德

家德住我们家已有十多年了，他初来的时候嘴上光光的还算是个壮夫，头上不见一茎白毛，挑着重担到车站去不觉得乏。逢着什么吃重的工作他总是说“我来”！他实在是来得的。现在可不同了。谁问他“家德，你怎么了，头发都白了？”他就回答：“人总要老的，我今年五十八，头发不白几时白？”他不但发白，他上唇疏朗朗的两披八字胡也见花了。

他算是我们家的“做生活”，但他，据我娘说，除了吃饭住，却不拿工钱。不是我们家不给他，是他自己不要。打头儿就不要。“我就要吃饭住。”他说。我记得有一两回我因为他替我挑行李上车站给他钱，他就瞪大了眼说，“给我钱做什么？”我以为他嫌少，拿几毛换一块圆钱再给他。

可是他还是“给我钱做什么？”更高声的抗议。你再说也是白费，因为他有他的理性。吃谁家的饭就该为谁家做事。给我钱做什么？

但他并不是主义的不收钱。镇上别人家有丧事、喜事来叫他去帮忙的，做完了有赏封什么给他，他受。“我今天又‘摸了’钱了。”他一回家就欣欣地报告他的伙伴。他另有一种能耐，几乎是专门的，那叫作“赞神歌”。谁家许了愿请神，就非得他去使开了他那不是不圆润的粗嗓子唱一种有节奏有顿挫的诗句赞美各种神道。奎星、纯阳祖师、关帝、黎山老母，都得他来赞美。小孩儿时候我们最爱看请神：一来热闹，厅上摆得花绿绿点得亮亮的；二来可以借口到深夜不回房去睡；三来可以听家德的神歌。乐器停了他唱，唱完乐又作。他唱什么听不清，分得清的只“浪溜圆”三个字，因为他几乎每开口必有浪溜圆。他那唱的音调就像是在厅的顶梁上绕着，又像是暖天细雨似的在你身上匀匀地洒，反正听着心里就觉得舒服，心一舒服小眼就闭上，这样极容易在妈或是阿妈的身上靠着甜甜地睡了。到明天在里醒过来时耳边还绕着家德那圆圆的甜甜的浪溜圆。家德唱了神歌想来一定到手钱，这他也不辞，但他更看重的是他应分到手的一块祭肉。肉太肥或太瘦都不能使他满意。“肉总得像一块肉”，他说。

“家德，唱一点神歌听听。”我们在家时常常央着他唱，但他总是板着脸回说：“神歌是唱给神听的。”虽则他有时心里一高兴或是低着头做什么手工他口里往往低声在那里浪溜他的圆。听说他近几年来不唱了。他推说忘了，但他实在以为自己嗓子干了，唱起来不能原先那样圆转如意，所以决意不再去神前献丑了。

他在我家实在也做不少的事。每天天一亮他就从他的破烂被窝里爬起身。一重重的门是归他开的，晚上也是他关的时候多。有时老妈子不凑手他就帮着煮粥烧饭。挑行李是他的事，送礼是他的事，劈柴是他的事。最近因为父亲常自己烧檀香，他就少劈柴，多劈檀香。我时常见他跨坐在一条长凳上戴着一副白铜边老花眼镜伛着背细细地劈。“你的镜子多少钱买的，家德？”“两只角子。”他头也不抬地说。

我们家后面那个“花园”，也是他管的。蔬菜，各样的，是他种的。每天浇，摘去焦枯叶子，厨房要用时采，都是他的事。花也是他种的，有月季，有山茶，有玫瑰，有红梅与腊梅，有美人蕉，有桃，有李，有不开花的兰，有葵花，有蟹爪菊，有可以染指甲的凤仙，有比鸡冠大到好几倍的鸡冠。关于每一种花他都有不少话讲：花的脾，花的胃，花的颜色，花的这样那样。梅花有单瓣、双瓣，兰有荤心、素心，山茶有家有野，这些简单，但在小孩儿时听来有趣的知识，都是他教给我们的。他是博学得可佩服。他不仅能看书能写，还能讲书，讲得比学堂里先生上课时讲的有趣味得多。我们最喜欢他讲《岳传》里的岳老爷。岳老爷出世，岳老爷归天，东窗事发，莫须有三字构成冤狱，岳雷上坟，朱仙镇八大锤——唷，那热闹就不用提了。他讲得我们笑，他讲得我们哭，他讲得我们着急，但他再不能讲得使我们瞌睡，那是学堂里所有的先生们比他强的地方。

也不知是谁给他传的，我们都相信家德曾经在乡村里教过书。也许是实有的事，像他那样的学问在乡里还不是数一数二的。可是他自己不认。我新近又问他，他还是不认。我问他当初念些什么书。他回一句话使我吃惊。他说我念的书是你们念不到的。那更得请教，长长见识也好。他不说念书他说读书。他当初读的是《百家姓》《千字文》《神童诗》——还有呢？还有酒书。什么？“酒书。”他说。什么叫酒书？酒书你不知道，他仰头笑着说，酒书是教人吃酒的书。真的有这样一部书吗？他不骗人。但教师他可从不曾做过。他现在口授人念经。他会念不少的经，从《心经》到《金刚经》全部背得溜熟的。

他学念佛念经是新近的事。早三年他病了，发寒热。他一天对人说怕好不了，身子像是在大海里浮着，脑袋也发散得没有个边。他说，他死一点也不愁，不说怕。家里就有一个老娘，他不放心，此外妻子他都不在意。一个人总要死的，他说。他果然昏晕了一阵子，他床前站着三四个他的伙伴。他苏醒时自己说：“就可惜这一生一世没有念过佛，吃过斋，想来只可等待来世的了。”说完这话他又闭上了眼仿佛是隐隐念着佛。事后他自以为这一句话救了他的命，因为他竟然又好起了。从此起他就吃上了净素。开始念经，现在他早晚都得做他的功课。

我不说他到我们家有十几年了吗？原先他在一个小学校里做当差。我做学生的时候他已经在。他的一个同事我也记得，叫矮子小二，矮得出奇，而且天生是一个小二的嘴脸。家德是校长先生用他进去的。他初起工钱每月八百文，后来每年按加二百文，一直加到二千文的正薪，那不算少。矮子小二想来没有读过什么酒书，但他可爱喝一杯两杯的，不比家德读了酒书倒反而不喝。小二喝醉了回校不发脾气就倒上床，他的一份事就得家德兼做。后来矮子小二因为偷了学校的用品到外边去换钱使发觉了被斥退。家德不久也离开学校，但他是为另一种理由。他的是自动辞职，因为用他进去的校长不做校长了，所以他也不愿再做下去。有一天他托一个乡绅到我们家来说要到我们家住，也不说别的话。从那时起家德就长住我们家了。

他自己乡里有家。有一个娘，有一个妻，有三个儿子，好的两个死了，剩下一个是不好的。他对妻的感情，按我妈对我说，是极坏。但早先他过一时还得回家去，不是为妻，是为娘。也为娘他不能不对他妻多少耐着性子。但是谢谢天，现在他不用再耐，因为他娘已经死了。他再也不回家去，积了一些钱也不再往家寄。妻不成才，儿子也没有淘成，他养家已有三十多年，儿子也近三十，该得担当家，他现在不管也没有什么亏心的了。他恨他妻多半是为她不孝顺他的娘，这最使他痛心。他妻有时到镇上来看他，问他钱，他一见她的影子都觉得头痛，她一到他就跑，她说话他做哑巴，她闹他到庭心里去伏在地下劈柴。有一回他接他娘出来看迎灯，让她睡他自己的床，盖他自己的棉被，他自己在灶边铺些稻柴不脱衣服睡。下一天他妻也赶来了，从厨房的门缝里张见他开着笑口用筷拣一块肥肉给他脱尽了牙齐着个下巴的老娘吃，她就在门外大声哭闹。他过去拿门给堵上了，拣更肥的肉给娘，更高声地说他的笑话，逗他娘和厨下别人的乐。晚上他妻上楼见她娘睡家德自己的床，盖他自己的被，回下来又和他哭闹——他从后门往外跑了。

他一见他娘就开口笑，说话没有一句不逗人乐。他娘见他乐也乐，乔着一个干瘪下巴眯着一双皱皮眼不住地笑，厨房里顿时添了无穷的生趣。晚上在门口看灯，家德忙着招呼他娘，端着一条长凳或是一只方板凳，半抱着她站上去，连声地问看得见了不，自己躲在后背双手扶着她防她闪。看完了灯他拿一只碗到巷口去买一大碗肉面烫一两烧酒给他娘吃，吃完了送她上楼睡去。“又要你用钱，家德。”他娘说。“喔，这算什么，我有的是钱！”家德就对他妈背他最近的进益，黄家的丧事到手三百六，李家的喜事到手五角小洋，还有这样那样的，尽他娘用都用不完，这一点点算什么的！

家德的娘来了，是一件大新闻。家德自己起劲不必说，我们上下一家子都觉得高兴。谁都爱看家德跟他娘在一起的神情，谁都爱听他母子俩甜甜的谈话。又有趣，又使人感动。那位乡下老太太，穿紫棉绸衫梳元宝髻的，看着她那头发已经斑白的儿子心里不知有多么得意。就算家德做了皇帝，她也不能更开心。“家德！”她时常尖声地叫，但等得家德赶忙回过头问“娘，要啥”，她又就只眯着一双皱皮眼甜甜地笑，再没有话说。她也许是忘了她想着要说的话，也许她就爱那么叫她儿子一声。这来屋子里人就笑，家德也笑，她也笑。家德在他娘的跟前，拖着早过半百的年岁，身体活灵得像一只小松鼠，忙着为她张罗这样那样的，口齿伶俐得像一只小八哥，娘长娘短地叫个不住。如果家德是个皇帝，世界上绝没有第二个皇太后有他娘那样的好福气。这是家德的伙伴们的思想。看看家德跟他娘，我妈比方一句有诗意的话，就比是到山楼上去看太阳——满眼都是亮。看看家德跟他娘，一个老妈子说，我总是出眼泪，我从来不知道做人会得这样的有意思。家德的娘一定是几世前修得来的。有一回家德脚上发流火，走路一颠一颠不方便，但一走到他娘的跟前，他立即忍了痛强直了身子放着腿走路，就像没有病一样。家德你今年胡须也白了，他娘说。“人老的好，须白的好。娘你是越老越清，我是胡须越白越健。”他这一插科他娘就忘了年岁忘了愁。

他娘已在两年前死了。寿衣，有绸有缎的，都是家德早在镇上替她预备好了的。老太太进棺材还戴了一支重足八钱的金押发去，这当然也是家德孝敬的。他自从娘死过，再也不回家，他妻出来他也永不理睬她。他现在吃素，念经，每天每晚都念——也是念给他娘的。他一辈子难得花一个闲钱，就有一次因为妻儿的不贤良叫他太伤心了，他一气就“看开”了。他竟然连着有三五天上茶店，另买烧饼当点心吃，一共花了足足有五百钱光景，此外再没有荒唐过。前几天他上楼去见我妈，手筒着手，兴匆匆地说：“太太，我要到乡下去一趟。”“好的。”我妈说，“你有两年多不回去了。”“我积下了一百多块钱，我要去看一块地葬我娘去。”他说。

珰女士

珰女士在前房已扣好了大衣，揿上了手提包，预备出门到车站，忽然又跑回亭子间去，一边解着衣扣，从床上抱起啼得不住声的两个月孩子，急匆匆地把他向胸口偎。孩子含上了自己母亲的奶就不哭，摇着一只紫姜似的小手，仿佛表示快活。但这样不到一分钟她又听到前房有脚步声，她知道是黑来了。她想往外跑，但孩子那一张小口使劲地噙住了娘的奶头，除非她也使很大的劲就摆脱不了这可爱又可怜的累赘。黑准有消息，听他那急促的脚步声就知道。他不说他再想法到崔那里去探问口气吗？要是有希望倒是最简捷，目前也省得出远门撞木钟去。但如果这一边没有转机，她这回去，正怕是黑说的，尽我们的本分，希冀是绝无仅有的了。她觉得太阳穴里又来了一阵剧烈的抽痛，她一双手机械地想往上伸，这一松劲几乎把怀抱着的孩子掉下了地。她趁势缩退了胸口，把孩子又放在床上，一转身跑回了前房去。

黑站在火早已完了仅剩一些热气的壁炉前低着头，她走进房也没有注意。瑙女士先见到他的一只往下无力地挂着的手，分明冻得连舒展都不能自由了的，又见到他的侧脸，紫灰的颜色，像是死；她觉得眼前一暗，一颗心又虚虚地掉了下去。她再没有能力开口，手脚都是瘫软了的。她在房门口停着，一手按着一个不曾扣上的衣纽。

还是黑的身子先动，他转过脸望着她。她觉得他的笑容，也是死灰的——死灰的微笑散布在死灰的脸上，像是一阵阴凉的风吹过冻滞的云空。惨极了！我懂得那笑容，我懂，她心头在急转，你意思是不论消息多么坏，不论我们到什么绝境，你不要怕，你至少还有我一个朋友，你不要愁，即使临到一切的死与一切的绝，我还能笑，我要你从我这惨淡的笑得到安慰鼓起勇气。

勇气果然回来了一些。她走近了一步。“你冷了吧，黑？”

“外面雪下得有棉花样大，我走了三条街，觅不到一辆车。我脖子里都是雪化的水。”

他又笑了。这回他笑得有些暖气，因为他说的时候想起做孩子时的恶作剧，把雪块塞进人家的衣领，看他浑身地扭劲发笑。

“你也饿了吧？”

“一天水都没有喝一口。但不是你说起我想都想不着。”

“现在你该想着了。后房有点心，我去拿给你。”但她转不到半个身子，脚又停住了，有一句话在她的嗓子里冲着要出来。她没有走进房那句话已经梗着她的咽喉。“怎么样了？”怎么样了？她觉得不仅她口里含着这句话要吐，就她那通身筋肉的紧张，心脏的急跳，仿佛都是在要迸出那一句问。怎么样了？这一晌是她忍着话，还是话忍着她，她不知道。实情是她想能躲姑且躲。她不问了他冷吗？她不问了他饿吗？她现在不是要回后房取点心去吗？黑为了朋友，为了一点义气，为了她们母子，在这大冷天不顾一切整日整夜地到处跑，她能不问他的饥寒吗？也许他身上又是一个子儿都没了。他本就在病，果然一病倒，那她唯一的一只膀臂都不能支使了，叫她怎么办？他的饥寒是不能不管的。但同时她自己明白她实在是在躲，因为一看他的脸她就知道他带来消息的形状是哪一路的。就像是你非得接见一个你极不愿见面的人，而多挨一忽儿不见也是好的。不，也不定是怕。她打从最早就准备大不了也不过怎么样。大不了也不过怎么样！比方说前天黑一跑进来就是事情的尽头，如果他低着声音说“他已经没了”，那倒也是完事一宗，以后她的思想，她的一切，可以从一个新的基础出发，她可以知道她的责任，可以按步地做她应分做的事，痛苦又艰难，当然，但怎么也比这一切都还悬挂在半空里的光景好些，爽快些。可怜胸口那一颗热跳的心，一下子往上升，一下子往下掉，再不然就像是一个皮球在水面上不自主地漂着浮着，那难受竟许比死都更促狭。再加那孩子……

但她这一踌躇，黑似乎已经猜到她心里的纠纷，因为她听他说：

“肚子饿倒不忙，我们先——”

但她不等他往下说急转过身问：“还用着我出门不？”

“你说赶火车？”

“是的。”

“暂时不用去，我想，因为我看问题还在这边。”他说。

她知道希望还没有绝。一个黑，一个她，还得绷紧了来，做他们的事。奶孩子终究是个累赘。黑前天不说某家要领孩子吗？简直给了他们不好吗？蘩即使回来也不会怪我。他不常说我的怀孕是一个极大的错误吗？他不早主张社会养育孩童吗？很多母亲把不能养育的一点骨肉送到育婴场所或是甚至遗弃在路旁。那些母子们到分别时也无非是母的眼泪泡着孩子的脸，再有最后一次的喂奶！方才那一张小口紧含着乳头微微生痛的感觉又在她的前胸可爱地逗着，同时鼻子里有一阵酸——喔，我的苦孩子——

但她不能不听黑的消息。

怎么样了呢？她问。

话是说出了口，但她再不能支持全身的虚软，她在近边一张椅子上坐下了。

她听他的报告，她用心地听，但因为连日的失眠以及种种的忧烦，她的耳鼓里总是浮动着一种摇晃不去的烦响，听话有些不清明。黑的话虽则说得低而且常有断续，论理她应得每个字都听得分明，但她听着的话至多只是抓总的一点意思，至于单独的字她等于一个都不曾听着。这一半也因为提到了崔，她的黑黝黝的记忆的流波里重复浮起不少早经沉淀了的碎屑，不成形的当然，但一样有力量妨碍她注意的集中。她从不曾看起过崔，虽则那年他为她颠倒的时候她也曾经感到一些微弱的怜意。他，是她打开始就看透了的。论品，先就不高，意志的不坚定正如他的感情的轻浮。同时她也从他偶尔为小事发怒的凶恶的目光中看出他内蕴的狠毒与残暴。蘩有好些地方不如崔：他从不为自己打算，不能丝毫隐藏或矫揉他的喜怒，不会对付人。他是乡下人说的一条“直头老虎”。但她正从他的固执里看出他本性的正直与精神的真挚，看出他是一个可以交到底的朋友。这三四年来虽则因为嫁给了蘩遭受到无穷的艰苦，她不曾知道过一整天的安宁。虽则他们结婚的生活本身也不能说是满意，她却从不曾有一时间反悔过她的步骤。在思想上，在意见上，在性情上，她想不起有和蘩完全能一致的地方，但她对他总存着一些敬意，觉得为这样的人受苦牺牲绝不是无意义的。看到崔那样无耻地卖身，卖灵魂，最后卖朋友，虽然得到了权，发到了财，她只是格外夸奖她当初准确的眼力，不曾被他半造作的热情所诱惑。每回她独自啃着铁硬的面包，她还是觉得她满口含着合理的高傲。可怜的黑，他也不知倒了哪辈子的霉，为了朋友不得不卑微地去伺候崔那样一个人。她想见他踞坐在一张虎皮上，手里拿着生杀无辜的威权，眼里和口边露着他那报复的凶恶与骄傲，接见手指僵成紫姜嗓音干得发沙的黑。黑有一句话他有十句话。而且他的没有一字不是冠冕，没有一句不是堂皇。铁铮铮的理满是他的。但更呕人的是他那假惺惺！说什么他未尝不想回护老朋友，谁不知道我崔某是讲交情的，但蘩的事情实在是太严重了，他的责任和良心都告知他只能顾义不顾亲，那有什么法子？除非蘩肯立刻自首，把他的伙伴全给说出来，自己从此回头，拿那一边的秘密献作进身的礼物——果然他肯那么来的话，他做朋友的一来为公家收罗人才，二来借此帮忙朋友，或许可以拼一个重大的肩仔，向上峰去为他求情，说不定有几分希望。好，他自己卖了朋友就以为人人都会得他那样的无耻！他认错了人了，恶鬼！果然蘩可以转到那一路的念头，那还像个人吗？还值得她的情爱，还值得朋友们为他费事吗？简直是放屁！喔他那得意的神气！但这还不管他。他的官话本是在意料中。最可恼的是他末了的几句话，那是说到她的。什么同情，什么哀怜，他整个的是在狠毒地报复哪！说什么他早就看到她走上那条绝路，他这几年没有一天不可惜她的刚愎，现在果然出了乱子，她追悔也已太迟不是，但——这句话珰女士是听分明了的，很分明——但“珰女士何妨她自己请过来谈谈呢”？还有一句：“我这里有的是清静的房间！”这是他瞄准了她的高傲发了最劲的一支箭！珰女士觉得身子一阵发软，像是要晕。够高明的，这报复的手段！

……

玚女士独自在黄昏的街边上走着。雪下得正密，风也刮得紧，花朵在半空里狂舞，满眼白茫茫的，街边的事物都认不清楚了。街上没有车，也没有人。她只听得她自己的橡皮鞋在半泥泞的雪地里吱嘎的声响。她的左手护着一件薄呢大衣的领口（那件有皮领的已到了押店里去），右手拿着一瓶牛奶，奶汁在纸盖的不泯缝处往外点点地溢出，流过手背往下滴，风吹上来像是细绳子缚紧了似的隐隐生痛，手指是早已冻木了的。孩子昨晚上整的哭闹了一夜，因为她的奶也不知道怎么的忽然的干了，孩子的小口再使劲也不中用，孩子一恼就咬，恨不得把这干枯的奶头给咬了去，同时小手脚四散地乱动，再就放开了口急声地哭，小脸小脖子全胀红了的。因为疼孩子就顾不得自己痛，她还得把一个已经咬肿了的奶头去哄他含着，希望他哭累了可以睡。因此她今晚又冒大雪出来多添一瓶奶。

她一个人在晦盲到了极度的市街上走着。雪花飘落在她的发上，打上她的脸，糊着她的眉。顶着一阵阵吼动的劲风她向前挪，一颗心在单薄的衣衫里火杂地跳。这是一个什么世界，冷砭骨的冷，昏沉，泥泞，压得人倒的风雪！她一张口呼出一团白云似的热气，冲进雪的氛围，打一个转，一阵风来卷跑了。冷气顿时像毒心似的抢入她的咽喉，向着心窝里直划，像一把锋利的刀。她眼前有三个影子，三道微弱的光芒在无边的昏瞀中闪动。一个是她的孩子，花朵似的一张小脸在绿叶堆里向着她笑，仿佛在说"妈妈你来！"但一转眼它又变了不满两月的一块肉在虚空的屋子里急声地哭。她自己的眼里也涌起了两大颗热泪。又一个是蘩。在黑暗的深处，在一条长极了的甬道的底里他站着，头是蓬的，脚是光的，眼里烧着火，他还是在叫喊，虽则声音已经细弱得像游丝，他还是在斗争，虽则毒蛇似的镣链已经盘绕着他的肢体……"珰，你怎么还不来"？她听他说。那两颗热泪笔直地淌了下来。再有一个是黑。她望着他的瘦小的身子在黑刺刺的荆棘丛里猛闯，满脸满手都扎得血酽酽的，但他还是向前胡钻，仿佛拿定了主意非得用血肉去拼出一条路来！再一掣眼他已经转过身来站在她的跟前，一个血人，堆着一脸的笑，他那独有的微弱的悱恻的笑，对她说：“玹，真的我一点也不累！”

玹女士打了一个寒噤，像是从梦魇里挣醒了回来，一辆汽车咆哮了过去，泥水直溅到她的身上，眼前只见昏暗。她一手还是抓紧着那冰冷的奶瓶。两条腿则还在移动，但早已僵得不留一些知觉。她一只手护紧她的胸口，护住她的急舂着的心。这时候只要她一放松她自己，她立即可以剉落在路旁，像一捆货物，像一团土，飞出了最后的一星意识，达到了极乐的世界。但是她不，她猛一摇晃，手臂向上一抬，像是一只鸟豁动它的翅膀，抬起了头，加紧了脚步，向着黑暗与风雪冲去——一个新的决心照亮了她的灵府，她不愁没有路走，不怕没有归宿。最后的更高的酬报是在黑暗与风的那一边等候着，她不停顿地走着。她不停顿地走着。

风越刮得紧，雪越下得密，她觉得她内心的一团火烧得更旺，多量的热气散布到四肢百骸，直到毫发的顶尖。“你们尽来好了。”一个声音在叫响。一种异常的精神的激昂占住了她的全身。你们尽来好了，可爱的风，可爱的雪，可爱的寒冷，可爱的一切的灾难与苦痛，我知道你们都是为了我才有的，我不怕，我有我的泼旺的火，可以克制你们一切的伎俩。你们不要妄想可以吓得我倒，压得我倒！我是不怕的，我告诉你们。她觉得她胸膛里汹汹的嗓子里毛毛的有一股粗壮的笑要往外冲，要带了她的身子往高空里提。这笑就可以叫一切的鬼魅抖战，她想，心头一闪一闪地亮。

她将近走到寓所时，忽然瞥见乌黑一堆在一家门口雪泥揉泞的石级上寓着。她心里一动，但脚步已经迈过。“不要是人吧”，她飞快地转念。更不犹豫，她缩回三两步转向那一堆黑黑的留神地查看，可不是人吗？一块青布蒙着脑袋，一身的褴褛刺猬似的寓着，雪片斜里飞来，不经意地在点染这无名的一堆。“喂！你怎么了？”她俯身问。从梦里惊醒似的，一个破烂的头面在那块青布底下探了出来。她看出是一个妇人。“坐在这儿你不要冻死吗？”她又问。那妇人还是闷不作声，在冥茫中珰女士咬紧了牙辨认那苦人的没人样的脸。喔，她那一双眼！可怜她简直不能相信在这样天时除了凶狠的巡捕以外还有人会来关心她的生死。她那眼里有恐惧，有极度的饿寒，有一切都已绝望了的一种惨淡的空虚。珰女士一口牙咬得更紧了。“你还能说话吗？”她问。那苦人点点头，眼里爆出粗大的水。她手臂一松开，露出她怀抱里——珰女士再也不曾意料到的——一个小孩。稀小的一个脸，口眼都闭着的。“孩子？睡着了吗？”她小声问，心里觉得别样的柔软与悲酸。忽然张大了眼，那妇人——脸上说不清是哭是笑——“好小姐，他死了。”

一阵恶心，珰女士觉得浑身都在发噤，再也支撑不住，心跳得像发疯。她急忙回过脸，把口袋所有的洋钱毛钱铜子一起掏了出来，丢在那苦人坐着的身旁，匆匆地一挥手，咬紧了牙急步地向前走她自己的路。

“人生，人生，这是人生？”她反复地在心里说着。但她走不到十多步忽然感到一种惊慌，那口眼紧闭着像一块黄蜡似的死孩的脸已经占住她的浮乱的意识，激起一瞬息迷离的幻想。她自己的孩子呢？没有死吧？那苦女人抱着的小尸体不就是她自己的一块肉吧？她急得更加紧了脚步，仿佛再迟一点她就要见不到她那宝贝孩子似的。又一转念间，她的孩子似乎不但是已死，并且已经埋到了不留影踪的去处，她再也想不起他，她得到了解放。还有蘖也死了，一颗子弹穿透他的胸脯打死了，也埋了，她再也想不起他，她得到了更大的解放。还有黑——

但她已经走到了她寓处的门口，她本能地停住了。她先不打门，身子靠着墙角，定一定神，然后无力地举起一只手在门上啄了两下。“黑也许在家。”她想。她想见他出来开门，低声带笑地向她说，“孩子还没有醒”。谁也没有像他那样会疼孩子。大些的更不说，三两个月大的他都有耐心看管。他真会哄。黑是真可爱，义气有黄金一样重，性情又是那样的柔和。他是一个天生的好兄弟。但玿女士第二次举手打门的时候——已经开始觉得兴奋过度的反响，手脚全没了力，脑筋里的抽痛又在那里发动。黑要是够做一个哥哥兼弟弟，那才是理想的朋友。天为什么不让他长得更高大些，她在哀痛或极倦时可以把脑袋靠着他的肩膀，享受一种只有小孩与女人享受得到的舒适。他现在长得不比她高，她只能把他看作一个弟弟，不是哥哥，虽则一样是极亲爱的。

但出来开门的不是黑，是房东家的人。珰女士急步走上楼，隐隐地有些失望。孩子倒是睡得好好的，捏紧了两个小拳头在深深地做他的小梦。她放下了买来的奶瓶，望着堆绣着冰花的玻璃窗，站在床前呆了一阵子。“黑怎么还不来？”她正在想，一眼瞥见了桌上一个字条，她急急地拿起看，上面铅笔纵横地写着：

来你不在。孩子睡得美，不惊他。跑了一整天，想得到的朋友处都去过。有的怕事，有的敷衍，有的只能给不主重的帮助。崔是无可动摇，传来的话只能叫你生气，他是那样的无礼。我这班车去××，希望能见到更伟大的上峰，看机会说个情讲个理，或许比小鬼们的脸面好看些也说不定。你耐心看着孩子，不必无谓躁急，只坏精神，无补益。我明晚许能赶回。

黑。

她在床前的一张椅上坐下了，心头空洞得也不知在忖些什么。穷人怀抱中那死孩的脸赶不去地在她的眼前晃着。她机械地伸手向台上移过水瓶来倒了一口水喝。她又拿起黑的字条，从头看了又看，直到每一个字都看成极生疏的面目，再看竟成了些怕人的尸体，有暴着眼的，有耸着枯骨的架的，有开着血口的，在这群鬼相的中间，方才那死孩的脸在那里穿梭似的飞快地泅着。同时金铁击撞和无数男女笑喊的繁响在她的耳内忽然开始了沸腾。

她觉得她的前额滋生着惊悸的汗点，但她向上举起的手摸着的只是鬓发上雪化了水的一搭阴凉。她叹了一口气，摇了摇头："我这是疯了还是傻了？"她大声地说。"就说现在还没有"，她想，"照这样子下去要不了三五天我准得炸！"这是一个什么世界，哪儿都是死的胜利？听到的是死的欢呼，见到的是死的狂舞，一切都指向死，一切都引向死。什么时代的推移，什么维新，什么革命，只是愚蠢的人类在那里用自己骨肉堆造纪念死的胜利的高塔，这塔，高顶着云天，它那全身飞满的不是金，不是银，是人类自己的血，尤其是无辜的鲜艳的碧血！时间是一条不可丈量的无厌的毒蟒，它就是爱哺啜人类的血肉。

这世界，这年头，谁有头脑谁遭殃，谁有心肠谁遭殃。就说蘩吧，他倒是犯了什么法，作了什么恶，就该叫人直拉横扯地只当猪羊看待？还不是因为他有一副比较活动的头脑，一副比较热烈的心肠？他因为能思想所以多思想，却不料思想是一种干犯人条的罪案。他因为有感情所以多情感，却不知这又是一种可以成立罪案的不道。自从那年爱开张了他的生命的眼，他就开始发动了一种在别的地方或别的时间叫作救世的婆心。见到穷，见到苦，他就自己难受；见到不平，见到冤屈，他就愤恨。这不是最平常的一点人情吗？他因为年轻，不懂世故，不甘心用金玉的文章来张扬虚伪，又不能按住他的热心，躲在家里安守他的

“本分”；他愈见到穷的苦的，他对于穷的苦的愈感到同情与趣味，他在城市里就非得接近城市的穷苦部分，在乡间也是如此，他一个人伏处在没有光亮四壁发霉的小屋里不住笔地写，写他眼里见到的，心里感到的，写到更深，写到天光，眼泪和着墨，文字和着心肠一致地热跳，直写到身体成病，肺叶上长窟窿，口里吐血，他还不断地写——他为什么了？他见到种种的不平，他要追究出一些造成这不平世界的主因，追究着了又想尽他一个人的力量来设法消除，同时他对于他认为这些主因的造成者或助长者不能忍禁他的义愤，他白眼看着他们正如他们是他私己的仇敌——这也许是因为他的心太热血太旺了的缘故，但他确是一个年青人，而且心地是那样的不卑琐，动机又是那样的不夹杂，你能怪着他吗？好，可是这样的人这世界就不能容忍；就因为他在思想上不能做奴隶，在感情上不能强制，在言论上不作为一己安全的检点，又因为他甘愿在穷苦无告的人群中去体验人生，外加结识少数与他在思想与情感上有相当融洽的朋友，他就遭了忌讳，轻易荣膺了一个十恶不赦的头衔，叫人整个的无从声辩，张不到一个正当的告诉的门缝儿，这样送了命也是白来，如同一个蚂蚁被人在地上踏死，有谁来问信——哼！这倒是一个什么世界！

玿女士一头想，在悲苦与恚愤中出了神，手里的那个字条已经被挤捻成细小的末屑散落在身上都没有觉得。“当然”，她又继续想，“当然，各人有各人的见解。蘩的过错是他的迳直，思想是直的，感情、行为，全是直的，他沿着逻辑的墙围走路，再也不顾这头里去是什么方向，有没有危险。但我说他‘直’是因为我是深知他的，在有的人断章取义地看也许要说他固执，说他激烈，说他愚笨。也许这些案语都是相当对的，现在果然有飞来横祸惹上了身，要是没有救，惋惜他的人自然有，同时也尽有从苟全性命的观点来引以为戒的。且不说别人，就我也何尝在某一件事上曾经和他完全一致过？也许一半因为我是女性，凡事容易趋向温和，又没有坚强的理智能运用铁一般的逻辑律法取定一个对待人生的态度，也是铁一般的坚实。记得我每回和他辩论，失败的总是我，承认了他的前提就不能推翻他的结论，虽则在我的心里我从没有被他折服过。他见到穷苦，比方说，我也见到穷苦，但彼此的感想可就不同。我承认穷人的苦恼，但我不能说人不穷苦恼就会没有，种类不同罢了，在我看来苦恼是与生俱来不论贫富都有份儿的。方才那抱着死孩的穷人当然是苦恼，但谁敢说在风车里咆哮过去的男女们就能完全脱离苦恼，再有物质上的苦恼固然不容否认，精神上的苦恼也一样是实在。我所以只感到生的不幸，自认是一个弱者，我只有一个恻隐的心，自己没有什么救世的方案，我也不肯轻易接受他人的。我把我自己口袋里的钱尽数给了我眼见的穷苦，哪怕自己也穷得连一口饭都发生问题，我自分也算尽了一个有同情心的生物的心，再有我只能在思索体念这些人们的无告，更深一层认识人生的面目，也就完了。他可不然：第一他把人生的物质的条件认是有无上的重要，所谓精神的现象十有八九是根据物质生活的；第二他把贫富的界限划得极度的严；第三他有那份辩才可以把人间百分之九十九的不幸与蹊跷堆放到财富支配不得均匀与不合公道的一个现象上去。他多见一份穷苦，他愈同情于穷苦；你愈同情于穷苦，他愈恨穷苦；愈要铲除穷苦；跟着穷苦的铲除，他以为人类就可以升到幸福的山腰，即便还不到山顶。这来他的刀口就瞄准了方向。我不服他的理解，但我知道他的心是热的。我不信他的福音，但我确信他的动机是纯洁的。如今他为了他的一份热心，为了他的思想的勇往，在遭受不白的冤枉！

我心里真害怕，这预兆不好。可怜的黑，为朋友害折了腿怕也是白费。最可恨的是崔，他这回的威福我怕是作定的了。他还饶不过我,竟想借此同时收拾我。哼,你做梦,恶鬼！我总有那一天睁大了眼看你也乖乖地栽跟斗，栽你自己都不相信！蘩，我几乎愿意你死，愿意你牺牲，愿意你做一只洁白的羔羊，把你全身一滴滴无辜的血液灌入淫恶的饕餮的时间的口……

玚女士这样想着觉得身子飘飘的仿佛在蔓草路上缓步地走着，一身的黑纱在风中沙沙地吹响，还有一个人和她相并地走着，那是黑，手抱一束憔悴的野花——他们是走向蘩的埋葬处。她眼前显出一块墓碑，上面有一行漆色未干的红字：“这里埋着一只被牺牲的羔羊。”她在草堆里向那块碑石和身伏了下去，眼泪像是夏雨似的狂泻，全身顿时激成了一堆不留棱缝的坚冰。

她全身顿时激成了一堆不留棱缝的坚冰，眼泪像是夏雨似的狂泻；一阵痛彻心脾的悲伤使她陷入了迷恍。她直挺在座椅上有好一晌，耳内听得远处有羔羊的稚嫩的急促的啼声……啼的是床上睡醒了要奶吃的两个月的孩子。等到她从迷恍中惊起匆匆解开了胸衣去喂的时候，那孩子已经哭得紫涨了一张小脸声音都抽噎了。

……

这一晚珰女士做了一个梦。

她坐在一个类似运动场的围圈的高座上，乌魆魆地挤满了看客。场子中间是一片荒土，有不少累累的小丘，有长着黄草，有长着青草的。风吹动着草根发出一种幽响，如同细乐。这样过了一晌，她望见高台的那一边发动了热闹。一长串穿着艳色短服的人在台影中鱼贯地走出，沿着围栏复步地过来。她看出这些人肩头扛着一根肥大的铁锄。虋是这中间的一个，这发现并不使她讶异，她仿佛本是专来看他表演的；但使她奇怪的是黑也在里面，一个瘦弱的肩胛被笨重的铁锄压成了倾斜——她奇怪因为她分明黑是和她不仅同来并且同在看座上坐着的。这行列绕这围场走成了一个圆圈，然后在不知哪一边发出的吆喝声中他们都止了步，然后各自向场中心走去。再过一晌，这一些人自站定了一个地位，擎起了锄头，在又一声吆喝的喊响中，各自在身前的一块土上用力地垦，同时齐声开始了一种异样的歌唱，音调是悲壮如同战场上的金鼓，初起还是低缓，像是在远处的涛声，再来是渐次高翻的激昂，排山倒海似的，和着铁锄斗着坚土的铮铮，把整个的空间震成了不分涯溪的澎湃。锄头的起落也是渐次的袖舞成了耀眼的一片。初起虋和黑的身影，还可勉强地辨认，随后逐渐地模糊直到再也分不清楚，她望得眼珠发酸都是无用。这样绵延了不知有多少时间，忽然一切声响和动作都一齐止息了，场中间每人的跟前都裂着一个乌黑的坑口，每人身上的衣服也全都变了黑色。这时候全场上静极了，只听得风轻轻地掠过无数新掘的土坑，发出怡神的细乐，在半空里回旋，这时候她正想转身问她同看的人这要的算是什么玩意，猛然又听得一声震耳的吆喝，在这异响的激震中，场围中各个人都把锄头向空一撒手，蹍的一声叫响，各自纵身向各自垦开的坑口里跳了下去，同时整个的天也黑压压地扑盖了下来……（未完）[1]

（原载：民国二十年一月十日《新月》第三卷第十一期）

---

① 该文最后注“未完”，但以后各期未再登载。